归星湖

郑玉林 著

花山文艺出版社

河北·石家庄

图书在版编目（CIP）数据

归星湖 / 郑玉林著. —石家庄：花山文艺出版社，
2024.5
ISBN 978-7-5511-7119-9

Ⅰ.①归… Ⅱ.①郑… Ⅲ.①长篇小说－中国－当代
Ⅳ.①I247.5

中国国家版本馆CIP数据核字（2024）第007064号

书　　名：**归星湖**
　　　　　GUIXING HU
著　　者：郑玉林
责任编辑：刘燕军　王安迪
责任校对：杨丽英
封面设计：中尚图
美术编辑：王爱芹
出版发行：花山文艺出版社（邮政编码：050061）
　　　　　（河北省石家庄市友谊北大街330号）
销售热线：0311-88643299/96/17/34
印　　刷：天津中印联印务有限公司
经　　销：新华书店
开　　本：880毫米×1230毫米　1/32
印　　张：8.25
字　　数：190千字
版　　次：2024年5月第1版
　　　　　2024年5月第1次印刷
书　　号：ISBN 978-7-5511-7119-9
定　　价：59.00元

目
录

一 麻直国

鸿洞金光皓旰，冲焱草昧尘寰。

天人稚子通梦，丽日熏风翠峦。

午后，先生给学童们放假。少年没有回家，一个人出了竹里山庄，向北面的山坡走去。

少年觉得自己很苦很累，每天都有读不完的文章、听不完的训斥。山庄里只有这一个学堂，教书先生整天板着脸，动不动就打学童的板子，没有谁不惧怕他。

二十几个学童里，先生对少年的管束比对谁都要严厉。少年甚至想先生是不是有意跟自己过不去。这个上午少年又挨了打，到现在手心还有些红肿。

先生的板子是一条光滑的竹片，乌亮的竹质凝重结实，浸润着岁月的痕迹，上面还刻着一幅图画：一位长者坐在桥上，鞋子两次三番掉落桥下。单那不同凡响的优雅形状就让每个学童心生畏惧，何况还有那故事的教化。先生的板子绝对是有道理的，他交代的文章所有学童都认为文辞畅达，可在少年这里却是艰深晦涩，无论温习多少遍都很难完整地背诵出来。少年有些困惑，每次自己挨打过后甚至就在挨打的时候那篇文章偏偏清晰起来，并且记得相当牢固，进学堂已经三年，几乎每次都是这样。先生却是以打代学，惩戒过后，便不再提及文章。所有学童乃至先生都认为少年愚钝，不配坐在学堂里。

各种善意的提醒也在左右着阿翁。

那些无知的竹里山庄人告诉阿翁：少年压根儿就不好好修习功课，还经常惹先生生气，不如早点儿下田干活儿或是学点儿什么手艺。

阿翁也是这么想的，他没进过学堂，很不在意少年的学业。反正他早晚都得下田干活儿，风吹着，太阳晒着，认识再多的字也没用。

几次试探，阿翁发现少年压根儿就不想离开学堂。

看来不让少年读书真的不容易，得找一个更合适、更得体的理由。

阿翁在等待机会。

尽管挨了许多打，少年却一次都不敢让阿翁知道，他害怕离开学堂。

庄子里的人看见少年时，他很少说话，越来越像一个木讷的孩子。少年心中总是憧憬着长大后能有所建树，让整个归星湖的人对他刮目相看。

走过一段路，少年来到山脚下。这里葛藤缠绕，荆棘丛生，竹里山庄的人常来这里砍柴，阿翁家自然也不例外。来的次数多了，少年把这里的每一棵树、每一片绿荫、每一道流水都牢牢记在心里。

今天，少年并不清楚自己为什么要来这里。或许是为了躲避阿翁，或许是为了寻找一份宁静，似乎都不是。

大概他心里有一份期待，似有似无的期待。

少年找了一个平坦地方，躺下来，望着悠悠飘去的云朵出神。风拂过他的脸颊，很舒适。

落花铺地，鸟语如簧，恍惚缥缈，俨然人入画中，他睡着了。

不知不觉，少年化成了一只火红的蜻蜓。

最初发现少年变成蜻蜓的是几只螳螂，他们被惊呆了。

"刚才还是个少年，转眼就成了一只蜻蜓。"

"不应该啊！"

一只好奇心偏重的螳螂悄悄爬了过去，仔细查看。除了颜色花纹不同，这只蜻蜓没有什么特别之处。

螳螂想弄出点儿动静来，却又怕引起蜻蜓的误会，悄悄地爬了回去。

几只螳螂躲在一边，窃窃私语。

"看清了吗？"

"看清了。"

"看清什么了？"

"他的衣服好漂亮。"

他们的话让附近的蚱蜢、蝴蝶、蜻蜓听见了，全都转过身来望着这边。

少年刚来的时候他们全都瞧见了，因为害怕还给他腾出一大块地方。刚刚躲开，奇妙的事情就发生了。

一个少年，转眼工夫就变成了蜻蜓。消息迅速传开，引来更多会飞的邻居，个个眼里带着疑问。

少年变成蜻蜓，开天辟地头一遭。是福是祸，不知道。

邻居们你看看我，我看看你，又转过身来看着少年变成的蜻蜓。

少年有些奇怪，身边这么多眼睛全都盯着他，他有些厌烦。

"这些愚蠢的家伙，只管看我做什么？"

"还是早点儿离开他们。"

打定主意少年想站起身来，却发现自己变成了蜻蜓。

天空依旧，荒坡如常，他怀疑是不是出了幻觉。

然而，这是真的。

少年一点儿也不意外，更不感到害怕，甚至还觉得好笑。在天上时他就是一只蜻蜓，没有值得大惊小怪的。他相信自己能够做回少年，但那必须得等到天黑，借着星光才能告别蜻蜓世界。

遗憾的是还得在这里度过一个下午，太阳很大，照在身上火辣辣的。他爬上一株蒿草，离开地面才感到凉爽一些。

眼前发生着的事情完全超乎邻居们的想象，这个下午绝对是值得欣赏与玩味的，荒坡上每隔不远处就有一堆蝴蝶、一堆蚱蜢或者是一堆蛾子，就连蜘蛛都在议论刚才发生的这一幕。一位远道归来的螳螂提出了质疑："你们是不是全都看错了？"

一只螳螂十分肯定地说，他早就认识这个少年，的确是他变成了蜻蜓。

草上，树上，会飞的、会爬的全都探头探脑地看着这边。他们努力辨别着，揣摩着，想知道接下来会有什么事情发生。

最难平静的当属蜻蜓家族，新丁竟然是个少年，这是破天荒的头一遭。他们选出几个代表围了过去，粗的、细的各种嗓音在发问：

"喂！你是谁？"

"你是从哪里来的？"

"你怎么会变成我们的样子？"

"你说话呀！"

…………

红蜻蜓无心搭理，动了一下翅膀想要离开。

邻居们将他围了起来，看他要做什么。

红蜻蜓一下子飞起来了，飞得又高又快，邻居们吃惊地望着天空，直到蜻蜓从他们的视线里消失。

整个蜻蜓家族立刻陷入恐慌，一只健硕的蜻蜓感觉自己的地位受到威胁，他将身边的家族成员全都召集起来。

"他到底要做什么？"

"他会不会威胁我们整个家族？"

"他再飞回来该怎样应对？"

…………

一只老得不成样子的蜘蛛慢腾腾地爬了过来，说他们少见多怪，少年原本就是一只蜻蜓，离开也就离开了，根本就不会回来。

蜻蜓家族还是忧心忡忡。

天牛家族、蜜蜂家族听到这消息全都飞了过来，远近都是舞动的翅膀，这一堆那一块到处打听刚才发生的事情。最后，他们一致认为：这片荒坡绝对是块宝地，说不定还会有更神奇的事情发生。

少年并不清楚自己为什么要化成蜻蜓，也不知道自己要去什么地方，只是一门心思向前飞去。他离村庄越来越远，把绿草鲜花还有牛羊统统留在了身后。

蜻蜓的世界很奇妙，视野十分开阔。虽然一直前行，却又能够发现身后绝大多数地方的事情。不过此时的少年很无奈，别的蜻蜓可以随意转换飞行方向甚至可以悬停在一个地方一动不动，而他只能朝身前一个方向飞行，根本就停不下来。

少年有些懊恼，他不想成为一只蜻蜓，更不希望离开村庄和自己的家人。他想落在地上，重新做回少年。然而此时的蜻蜓就如同一片树叶随风飘去，不知要飘到什么时候，飘到什么地方。少年发现前方有一棵高大的枫杨树，心想只要枫杨树能把自己给拦下就有了机会。然而他越飘越高，根本无法靠近枫杨树，哪怕是一根枝条、一片叶子。他收起翅膀想使自己坠落，但那根本就做不到。任何努力全都失败，少年很沮丧，他真正体会到了什么是身不由己。

他还是不甘心，期待下一个机会的到来。

天边起了浓云，翻滚着向这里涌来，很快就遮盖了整个天空。没有太阳，没有同伴，天地间只有他自己。

飘过高山，飘过湖泊，飘过荒野，眼前的景色越来越黯淡，直到什么都看不见。少年完全迷失方向，他被惯性抛向更远的地方，不知过了多久终于落在了地上。四周一片漆黑，少年不知自己身在何处，不过他很清楚自己已经不再是一只蜻蜓，少年为自己的回转而欣喜。

他试着迈出了一步，接着又往前走了几步，没有一丝光亮。少年有些紧张，觉得那不是他该去的地方。他转回身去，仍旧什么也看不见。他定了定神，坚定地往一个方向走去，希望能够冲破那漫无边际的黑暗。

一切都是徒劳的。

"我在哪儿？"少年急得叫出声来。他觉得这一切都不真实，他要找回一个真实的自己。他伸手向前去摸，什么也碰不到，除了空间还是空间。

他以为是自己眼睛出了毛病，努力瞪大眼睛去看。眼前有了一丝光亮。他不管那光亮由什么发出又离自己有多远，不顾一切地向那光亮奔去。那光亮也像有了感应，也向少年这边飞来。四周越来越明亮，光明瞬间拥抱了少年。

少年眼前是一个色彩斑斓的世界，山川田陌，可就是没有人群。

朝前望去，视线能够到达的地方有一座房屋。少年不管有路没路，踏着荆棘朝那边奔去。

天边升起纱一般的薄雾，半现半隐似有许多车马飞鸟飘浮其中。少年停住脚步，用手揉了揉眼睛仔细去看，那里刚才还是空无一物，现在竟然园圃参差街巷错重，一派繁华神奇地镶嵌在碎锦般的画卷里。伫立在如诗如画的环境中,少年没有一丝一毫的疑虑,他为那份神秘所吸引,相信在那里他一定会得到帮助,并顺利地回到他来时的地方。

烂漫少年满心欢喜地往前走去。

薄雾中那些景致渐渐模糊下来,车马街巷在隐退,很快就消失得无影无踪。少年停住脚步,他有些失落,有些孤独,甚至有些悲怆,刚刚恢复起来的喜悦和憧憬随之散尽,他还得一个人继续在这寂寞的荒野上漂泊。

少年听先生说,神龙居海,隐形于雾,人见之则化为物。莫非自己刚才所见就是神龙?

是与不是都无关紧要,现在重要的是自己能够找到回家的路。毕竟眼前还有一处草屋,少年重新拾起信心。

薇蒿漫野,碧树蒙荫,少年沿着一条蜿蜒草径疾行。不一会儿,他来到垂杨荫下的草屋跟前。

两间寂静的草屋,草屋后面的不远处茫茫一片湖水。

湖水如同熟睡的少女,身上披拖着淡蓝色的轻纱。音尘隔阻,没有谁来打扰。清风冷月,碧草斜阳,一个没有岁月的地方。

少年围着草屋转了一圈,不见一个人影。草屋虽然破旧,看上去仍有人在此居住。少年在草屋旁边的空地上坐下,望着大湖,期待草屋主人的归来。

沉闷孤寂,湖面片帆只桨不见,一种说不清的滋味涌上心头,少年低头看着脚下。

听不见鸡唱犬吠,只有虫声唧唧,声音单调而乏味。少年很无奈，拢上眼帘沉思着自己可怜的境遇。

半晌，他睁开眼睛再向湖上望去。青碧冷静的水面泛起片片涟漪，几个四五岁大、穿着青花兜肚的小童一下子从水中钻出头来朝他这里看。

少年怀疑自己的眼睛，如此荒寂的地方怎么会有小童嬉戏？他站起身睁大眼睛去看，水中的小童却又全都不见了。

想起自己轻渺飘飞的经历，少年对这个神秘陌生的世界充满了疑惑。

这是什么地方？我怎么会来到这里？少年再一次问自己。

身后传来一声低沉的牛叫。少年转过身去，发现一头青牛从远处朝这里走来。

他努力摆脱刚才的诧异，迎着青牛走去。

青牛干干净净，显得很精神。

少年似乎有些疲惫，往前走了几步又停了下来。

青牛在少年前面几步远的地方站住，仔细打量着这个陌生的少年。

实在是寂寞，少年忍不住问起青牛来。

"你是从哪里来的？"

青牛眨眨眼，好像听懂了少年的问话。

少年心中一动，他感觉到了青牛的反问："你先告诉我，你是从哪里来的？"

它看着他。

少年相信青牛和他有了心语交流，试着把自己的经历全都告诉了青牛。

青牛沉默了一会儿告诉少年："你被一颗流星带到了这里，若想回去，必须等我的主人归来。"

少年有了惶惑，流星怎么会把自己给带到了这里？是不是给听错了。青牛明白少年的心思，告诉他这一切都是真的。

这是极其遥远且完全陌生的地方，少年心里感到了无底的空虚与胆怯，没有人的帮助他将永远困在这里，幸运的是自己仍有回去的机会。

青牛说的主人在哪里？他陷入沉思。

芳草萋萋，云烟茫茫，这里除了青牛，远近再无谈伴。看上去，草屋的主人一时半会儿还不会回来。一池寂水映衬着天地间的冷淡凄凉，除了眼前这座草屋，再没有任何地方可以栖身。少年决定先在这里留下，好歹还有青牛相伴，夜里不至于孤单害怕。可青牛却不再理会少年，独自伏在草丛里想自己的旧梦去了。折腾了这大半天，少年觉得有些饿，便不再有什么顾忌，伸手拉开屋门，去里面找可以吃的东西。

屋子里面很干净，墙角下铺着一层干草，那是主人歇息的地方。还算幸运，少年发现窗下有许多甘栗、松子与核桃。仔细再看，屋子里还有些日常使用的家什，这些东西印证了草屋的主人不会走得太久，不知什么时候就会回来，从他那里或许可以打听到家在什么地方。

少年仍有些恍惚，只记得自己变成了一只蜻蜓飞离了山坡，再后来就陷入无边无际的黑暗，直到发现光亮落到了地上。他觉得自己飘飞的时间并不算长，这里离家应该不会太远，怪就怪自己失去了方向，只能留在这里，不敢轻易迈出一步。

青牛的心语如燕影般在他心上掠过："你是被一颗流星带到了这里……"少年觉得那黑暗里的飘飞就像是一次陨坠，那光亮就像是星光的爆发……莫非自己真的被流星带到了一个很远很远的地方？

如果真的是这样，自己是不是还真的活着？

黑夜如约到来，少年躺在干草铺上，闭上了眼睛。

想想白天的经历，如梦似幻，没有一点儿头绪。但，青牛的出现还是缓解了少年不小的焦虑，使他看到了回家的希望。

少年睡不着，推开屋门来到外面。往前走了几步，青牛还在。他望着沉沉的夜幕，灵感似乎麻木了。他还有些心伤，今夜他不能回到阿翁阿母的身旁，不知他们会急成什么样子，更重要的是：自己是不是还活着？

他转过身向北天望去，中天北极，那颗星还在，而且很明亮，还有横跨夜空的天河……少年一阵欣喜，看来离开归星湖只是一个意外，只要活着，就一定能找到回家的路。

他找回了信心，重新回到草屋。

第二天，少年起得很晚，他径直向湖边走去。

青牛看见，远远跟在他的身后。

碧波茫茫，云天苍苍，清风拂面，胸襟皆清，这个不知名的地方还是值得欣赏和玩味的。一辈子在这里待上几天也是件很难得的事情，少年一下子就迷恋上了这个地方。

他走近湖边，蹲下身捧起一把清水洗了洗脸，一阵清爽的感觉从心底升起。少年生活的竹里山庄前面也有一片大湖，只是这些年很少有机会与之亲近，烟水弥漫似曾相识，少年一下找回了家的感觉。伫立岸边向湖中心望去，并不太远的地方碧翠如黛矗立着一座石山，松柏杉杨覆盖茂然荫翳，隐约间有声音从那里传来。少年仔细去听，那声音不似檐前金铃玉铎那样清悠，也不似短笛洞箫那样凄哀，倒像归星湖寺院里僧人拿着乐器叮当演奏的声响。一种说不清的愉悦涌上心间，少年的伤逝之感一点点地淡去，脸上露出一丝欣喜。

石山那边演奏的声音似近又远，似远又近，带着一种魅惑一直在水面上缭绕，少年痴迷如醉。

郁郁阴森的树林里，七个小童各执乐器在乱岩上不住地跳蹿，少年恍惚于缥缈虚无之间。

渐渐石山阴浓萧森的树林里现出黄墙和青螺似的房顶，像是竹里山庄里的学堂。青石小道，车马历历，瓦房前几个携筐村女盈盈走来……神秘幽雅的归星湖近在咫尺，原来自己并未走远。

少年为那景色所迷幻，张开双臂向前扑去，阳光下金鳞涌动，湖水一下吞没了他。

少年没有一丝一毫的恐惧，心中反倒满是兴奋。竹里山庄就在眼前，没有别的路径，必须得游过这片大湖。

西天边堆起了一大片黑色的云，并迅速向这边涌来，石山那边演奏的声音一下子消失了。

水中并不美妙，少年想返回岸上已经来不及了，他却被几个笑嘻嘻的小童死死扯住。少年拼命地扑腾着，竭力不让自己沉没下去，小童们揪着他的衣服用力将他拉向水底。就在少年即将放弃挣扎之际，那些小童一下子松了手，个个躲藏起来。少年昏昏沉沉，两只牛角轻轻将他托起。他被青牛拖回了岸边。

湖水激滟，山色青蒙，少年很快恢复了神志。青牛顺着来时的小路慢慢往回走去。少年心存感激，远远地望着，再也不敢把它当成一头只会犁地的牲畜。少年想不明白，刚才自己为何如此荒唐，不计后果扑向水波，水中那些小童险些让他送命。望着湖水，少年异常颓丧，觉得自己就是个傻瓜。

小童们也很沮丧，他们知道这个少年会给他们带来不小的麻烦。接下来会有什么事情发生，谁也说不清。

水声激越，竹韵清冷，小童们悲歌激昂，眉头紧锁。好不容易把少年给迷惑了，但青牛坏了小童们的好事。

小童们重新回到石山，商量来商量去，觉得还是应该躲起来，那少年也未必在这里长留。

然而，小童们的劫数到了。

西天边传来滚滚雷声，铅灰色的云翻滚着漫过头顶，一道闪电落在石山之上，顷刻间暴雨如注，天地间一片水幕，雷声、风声噪成一片。

小童们露出恐怖的表情，慌忙钻进草丛。但他们目标过于明显，躲不过霹雳的追踪。

少年抹了一把眼睛上的雨水后再去看石山，草地上几个瘦影在奔跑。一片模糊中，少年辨出正是那几个小童。又是一声霹雳，几个小童一下子不见了，浓云里突然挂起一道鲜艳的彩虹。

云雾飞腾，霹雳费了许多工夫。七个小童攫取了花草的精气后钻进云端，在彩虹里面躲藏起来。

雨停了，霹雳离开，彩虹消散，七个小童逃回石山，伏在峰岩下面庆幸躲过一劫。红的、黄的、紫的……那些被蜃气攫掠过的花草个个无精打采，憔悴的枯颜颤动在风里。

雷霆滚滚，狂风阵阵，少年看不懂这不期而遇的雨中奇观。

一片云从北天飘来，一直飘到草屋的前面。

青牛站在草屋旁边，看着少年。

"小施主，主人来了。"

少年听见，急忙朝草屋跑去。刚转过墙角，见一位青衣老者站在屋前。少年相信老者就是草屋的主人，赶忙上前叩头行礼。

少年问："老丈，这可是你府上？"

老者不置可否。

少年说："晚生不知因何到此，迷了路，恳请老丈指点我一条回家的路。"

老者答："信哥儿，这个不难，我要告诉你，是一位星官送你到这里来的，我来迟了些。"

少年不明白老者为什么知道他叫信哥儿，又说是星官送自己来的。不便追问，少年只好耐心等待老者安排自己回去。老者却对他说出了另一番话。

这里叫作麻直国，石山是它的中心。几个月前，一场大水淹没了麻直国大片土地，附近百姓逃上了石山。大水退去，石山四周成了湖泊，山上百姓又饱受疬疫之苦。

麻直国本是个富庶的地方，百姓安居乐业，十多年前这里的人们开始说谎，诈伪成风，荼毒四方。麻直国开始灾祸不断，干旱水涝，鼠患蝗灾，已经三年没有收成。

少年认真听着，他已经意识到自己绝不是无缘无故误入这个地方。老者又说，在送你回去之前需要做一件事情。接着他对少年做了一些交代。

老者交给少年一个碗口大小的金环，少年接过，来到湖边，蹲下身，一边用金环撩动湖水一边念诵：

> 星辉耀耀，
>
> 泠波翻腾。
>
> 金光烁烁，
>
> 魅影彰形。

很快就有了回应，湖中探出七个留着鬌髻的小脑袋，少年不说话，只顾自己玩水。七个小童着了迷一样跃出水面奔向少年，一边嚷嚷，一边伸手去夺他手里的金环。少年将金环套上胳膊，看着七个小童："那边屋子里还有许多，想要只管拿去。"七个小童听了，争先恐后地朝草屋跑去，少年站起身跟在他们身后。

七个小童跑到草屋前面，四顾无人，一个个钻进屋子。

老者现身，少年来到跟前，将金环交还。

"你且转过身去。"老者对少年说。

少年即刻转身，还没等站稳，老者又叫了声："信哥儿。"

听见召唤，少年回身一看，草屋不见了，老者手里多了一个口袋。

少年十分诧异，问："草屋哪里去了？"

老者举了举口袋，说："都在这里。"

少年又看了看四周，不见青牛，问："青牛哪里去了？"

老者说："青牛星就在你身后。"

少年回头一看，一位星官站在自己身后不远处。

"你是青牛星？"

"我一直在你身边。"

少年十分诧异。

老者说："信哥儿，就让青牛星送你回去，顺便把这个口袋带上。"

少年接过口袋，问："怎么处置？"

老者说："一会儿把它丢进太虚。"

少年又惦念起麻直国的百姓来："这里什么时候才能太平？"

"八月始清，三月安宁。"

老者又将一件七色霞衣递给青牛星，青牛星接过披在少年身上："这是赐给你的。"

少年满心欢喜地穿在身上，回头看时，老者已经不见。

青牛星催促少年："信哥儿闭上眼睛，我这就送你回去。"

少年闭上眼睛。青牛星伴着少年，腾空而起。

"太虚，守住。"青牛星嘱咐少年。

少年凝神敛气，一动不动。

"信哥儿，丢掉你手里的口袋。"青牛星告诉。

少年听见，把手松开，口袋从自己手中滑落出去。

"信哥儿，我就要回去了，你还有什么事情吗？"青牛星的心语浑厚而温和。

少年心中忽然有了失落，问："我们还能再见面吗？"

青牛星答："当然。"

少年问："那我到什么地方去找你？"

青牛星答："我时时刻刻都在看着你。"

少年有些疑惑："真的？"

青牛星说："你如果有什么事情，念我一声，我就知道。"

少年说："可我总觉得有些不真切。"

"那我就给你一点儿本领。"他停顿了下，又接着对少年说，"前面就是你住的庄子，我们就此作别。"

少年问："你还没给我本领呢？"

青牛星答："已经给你了。"

少年说："可我没有感觉到啊。"

青牛星答："日后你就知道了。"

少年仍是不解，沉吟间，青牛星推了他一把，独自去了。

花香阵阵，少年一下子醒来，太阳已经偏西，原来自己躺在山坡下做了一场梦。他看了看手掌心，那红肿全都消退了。

去时腾转云霄，归来静潜霞裾，一点儿也不飘忽，更没有前行的感觉。云篆太虚，飘摇三际，少年从未有过这种体验。

二　柴万金

霜轻月冷星灿，漫看尘间等闲。

兹谋却对无畏，正性留得万全。

少年回到家，见阿翁在院子里和驴贩子柴万金说话，他以为阿翁是想把自家那头不能干活儿的瘸腿毛驴给卖掉，便打了声招呼走进屋子。

阿母正在做晚饭。

少年着实饿了，问阿母有没有现成的东西可以吃。

阿母让少年再挺一会儿，饭马上就好。

少年站在阿母身旁，看着灶上冒出的热气。

阿母并不在意少年这个下午去了哪里，她对少年的学业更是不闻不问，那都是阿翁该管的事情。

外面，柴万金走了，阿翁进屋来找少年，问他这个下午人影不见去了哪里。

少年不想撒谎，但也不能说自己在山坡上做梦的事情，便低下头，默不作声。

阿翁也就不再追问。

吃过晚饭，阿翁叫过少年，说："听先生说你总是不好好念书，这样混下去也不会有什么出息，不如趁早回来帮我干点儿活计。"

少年有些懊恼，尽管自己功课不好，但也不像阿翁说的那样在学堂里不好好念书。家里土地不多，除了春种秋收要忙上几天，其余时间基本没什么要紧的活计。离开学堂，少年实在是不乐意。

阿母可不想让少年过早离开学堂，对阿翁说："他刚到十三岁，不去念书又能干点儿什么？"

阿翁说："干不了什么，起码还能省下点儿学费。"

少年心里一阵悲凉，原来阿翁是为了省下点儿学费才不想让他再去学堂。在竹里山庄，一个小孩子念书与不念书，眼下是没有太大区别的，可过上几年差距就会变得很大：念书念得好的孩子将来可以做先生，也可以给官府或大户人家做事，再不成也可以自己出去做生意；而那些没念过书的孩子长大后就只能出些苦力，甚至连个伙计都做不成。

阿翁又说："刚才我在街上碰见了柴万金，想找一个伙计帮他照看一下毛驴，我琢磨着那活儿也不累，大人小孩谁都能干，就……"他看了看少年。

阿母这才明白阿翁为何跟驴贩子柴万金在院子里说了那么久，看来他早已经安排好了。

她看了看少年，问："你可愿意去？"

少年小声说："我不愿意。"

阿母对阿翁说："既然孩子不愿意，就别难为他了。"

阿翁有些不高兴："你说了不算。"说完，走出屋子，到外面去了。

阿母的情绪有些低落，不再说话。

第二天早上起来，阿翁没有再提让少年跟驴贩子出去做活儿的事情。少年赔着小心吃完早饭，赶紧去了学堂。

从这天起，少年开始躲着阿翁，除了早晚吃饭的时候，尽量少在阿翁面前出现，他怕阿翁不知啥时看他不顺眼就会想起驴贩子。

背地里，少年偷偷问阿母，柴万金有没有来过？阿母说，柴万金没有来，而且她不知花了多少心思终于劝说阿翁改变了主意。

直到这时少年这才安下心来。

其实，阿翁的主意是很难改变的。

十几天的秋雨，庄子几乎所有人家的柴草垛都湿透了。今天下午云层薄了一些，天好像有晴起来的意思了。

没有干柴烧，阿母很难按时把饭烧好。少年下学后走进屋子，阿母正蹲在地上手拿一把扇子在灶下扇火，阿翁站在冒烟的灶台旁看着冷锅，脸色十分难看。少年不敢喊饿，靠边溜进自己屋子。

阿翁随后跟了进来，对少年说："从明天开始，你别去学堂了，先生那里由我去说。"

该来的终于来了，少年一点儿也不意外，他显得很平静。

阿翁接着说："我看天快晴了，明天上山去寻点儿干柴，听见没有？"

少年赶紧答应。

几天前，家住山口外，瘦肩双耸、愁眉深锁的阿姐在阴雨停歇的午后来到竹里山庄看望阿翁和阿母，那天她还带着六岁大的儿子和三岁大的女儿。

阿姐在娘家只住了一个夜晚，第二天便离开了。少年想把阿翁要他跟驴贩子去干活儿的事情告诉阿姐，但一直没有找到说话的机会。事实上，即使少年有机会和阿姐单独说话，触目伤心，看见阿姐悲苦凄伤的样子他也很难开口。

阿姐的境遇实在是不堪。

九年前，十四岁的阿姐嫁给了山外一个比她大好几岁的单身汉。阿翁原以为阿姐跟着他一定会过上衣食无忧的日子。没想到那人是个赌鬼，什么活计都不肯做，日子过得一塌糊涂，一年四季以赌为业。赌鬼经常被债主逼得东躲西藏。去年秋天被几个债主找上家门，赌鬼慌忙跳窗钻进屋后的地窖，由阿姐出面应付债主。好说歹说，债主们才肯离开，阿姐去屋后的地窖招呼赌鬼出来。没想到赌鬼运气不济，头朝下一只脚吊挂在地窖里的梯子上。阿姐慌忙去叫邻居，人们将赌鬼拉了上来，发现赌鬼的脸紫得像个萝卜，早就没了气息。

阿姐很悲伤，阿翁却不以为意，说赌鬼死就死了，也没有什么不好。一年过去了，阿姐的日子并没有好起来。几亩薄田养活不了一家三口，农忙的时候阿姐还得去大户人家做些日子短工。

阿翁有时候也接济一下阿姐，但阿姐不想拖累他们。每当想起阿姐，少年心上就会泛起一丝凄凉和无奈，因为自己什么也做不了。

照阿翁的要求，第二天上午少年拎起柴刀，扛着扁担和绳索独自上山坡。这对少年来说的确是一件非同寻常的事情，少年心里仍然涌动着对学堂的留恋，表面却春水似的平静。昨天的学童一夜之间就成了有模有样的砍柴郎，在熟人眼皮底下一步一步地走过去——他原本就不是读书人的说法一点儿都没有错。

从家里出来到山坡边上用不了半个时辰，走上一条行人稀少的小路，风声瑟瑟，满眼弥绿，少年心中凛然清冷，所有的烦闷悄悄退去，就连庄子里的喧哗，也变成了清雅的情调。

用不着谁去教化，少年已经开始相信命运，而命运又是很难改变的。读书砍柴乃至将来去做别的什么事情，都是上天安排好了的。眼下，少年心里期盼的只是今天能够带回更多的干柴，做饭时阿母不会因为没有柴烧而烦恼。

山坡底下到处都是低矮的灌木，少年将扁担和绳索放在地上，提着柴刀树叶交织间去找枯枝。拂着温煦的和风，少年追忆起那天梦中的青牛星来。

青牛星说他时时刻刻都在看着自己，那么他一定知道自己已经离开学堂来这里砍柴。

少年又看见了那天他躺下来做梦的地方，沉静的青草鲜花，头顶上的流莺飞燕，它们都活得简简单单毫无烦恼，而阿姐却有许多悲哀、许多苦痛无法排遣，自己也有许多的不如意。

不去学堂也没什么，青牛星已经把本领传给了自己。那究竟是什么本领？自己一点儿都没感觉到，半个月来学业一点儿都没有长进，面对阿翁自己一点儿办法都没有。

梦就是梦，梦里的事情是不可以当真的。不过，少年的确有一个固执的念头：归星湖是一个很有灵性的地方，出生在这里是很幸运的。尽管别人用眼睛瞟我，但总有一天我会让他们刮目相看。

砍下的干柴差不多已有一担，少年在一块石头上坐下歇息。风中飘来野花的清香，蜜蜂在身边盘旋，少年烦滞的心境渐渐开阔，眯着眼睛朝竹里山庄那边看，神态像是个无忧无虑的娇儿。

离晌午还有一段时间，少年担起干柴悠然地往回走。山口那边的土路上一个四十多岁的男人赶着十几头毛驴朝庄子这边走来，少年知道那是驴贩子柴万金。

两人越来越近。

少年听人说柴万金活吃蝎子，他想不明白一个人从潮湿的墙缝里抓起蝎子张嘴就咬该是一种什么心理。少年不想和他走在一起，他放下担子，装作歇息。

柴万金将毛驴叫住，站在路边等着少年。少年无奈，心想各走各的路，倒也没什么，于是担起干柴继续朝前走去。

他在柴万金身前将担子卸下："阿叔吉祥。"

柴万金今天有些喜兴，看着少年赞叹不已："远远地一看就知道是你。怎么，不去学堂念书了？"

"不去了。"少年答应了一声。

柴万金拎起一捆干柴，心疼地说："这可不轻，路又这么远，把它放在驴背上吧！"

少年无法拒绝柴万金的好意，便将两捆干柴重新拴好，放在毛驴背上，两人一边说话一边朝山庄走来。

柴万金今天特意绕道，一直将少年送到家门口，和阿翁打声招呼后才赶着毛驴离开。

少年心上掠过一丝忧愁，说不定哪天自己就该和毛驴打交道了。阿翁将干柴堆放起来，对少年说："你也看见了，你阿叔人很不错，我都跟他说好了，过几天就跟他学做生意去。"

早晚都是这样的结局，一块石头终于落了地，少年答应一声："好。"

阿翁也松了一口气。

几天后的早晨，少年换上一件新短裋，头上系了一方青色巾帻，背着换洗衣物的包袱走出家门，阿翁跟了出去。

第一次出远门，阿翁要去送他，少年拒绝了。

柴万金家靠近路边，三四十头毛驴圈在他家门口旁边的围栏里，其中几头健壮的毛驴背上驮着麦麸和高粱。柴万金背着一个包袱坐在围栏旁边一截木桩上小憩，单等少年一到，立刻出发。

少年如约而来，柴万金站起身打开了围栏，一声吆喝。

一头黑毛驴率先走出围栏，剩下的毛驴排成一溜跟在它的身后。

柴万金看着少年。

"今儿个头一天，要多走些路，中午恐怕吃不上饭。"

"我不饿，中午不用吃饭。"

"我包里准备了一些干粮，路上找点儿水，饿不着。"

最后一头毛驴走出围栏，柴万金从地上抄起一根木棍，递给少年。

"这东西，用得着。"

少年将木棍接在手里。

用不着驱赶，几十头毛驴照着各自的心思走各自的路。阿翁站在街上，远远地看着少年，心里空落落的。

少年走在头里，柴万金跟在他的身后，路边草虫的缕缕哀音一刻也没有停歇，毛驴的叫声和着风声在寂寞的街上浮荡。

几个小孩子站在路边，看着少年，问："你不去学堂了？"

"不去了。"少年淡淡地回答。

小孩子们跟着他，问："啥时候回来呀？"少年心头泛起了悲凉，回答说："不多日子，很快就会回来。"

秋光中，少年跟着毛驴朝庄子外面走去，形象鲜明，生动。

小孩子们停了下来，看着少年的背影。这情景，小孩子们想都没有想过，但对他离开学堂去跟人学做生意并不感到特别吃惊。

出了山庄，向北是一片荒野，荒野尽处是山口，出了山口，一路向西。

柴万金望着远方大好的天空，嗅着新鲜的空气，想着清冷难熬的夜里有人替自己看守毛驴，心情着实不错。

他哼起了小调：

　　　房前老槐树，

　　　鹁鸪把家安。

　　　生了三个蛋，

孩童把窝端。

貂鼠摆家宴，

邻里闹翻天。

花腰小娘子，

要嫁侍郎官。

柴万金的嗓子虽然不咋地，可他唱得很入戏，使人进入一种逼真的情景之中。少年从未听过这样的小调，貂鼠的故事从柴万金嘴里流出，流到秋日的天光中，将世界都衬得有点儿滑稽起来。

竹里山庄几乎没人唱他这种小调。

柴万金今天兴致很高，越唱越起劲。唱到最后，他脸朝晴空仰着，嗓门变得很大。

喉咙发痒，一通咳嗽，柴万金停了一会儿又开始唱了。

少年默默听着，情绪随着小调在旷野中浮沉。

柴万金的毛驴生意做了十几年，他将本地收上来的毛驴送到山外一个叫石羊镇的地方，每次往返都要十多天的时间。柴万金将一些喂毛驴的糠麸和粮食装进口袋放在健壮的毛驴背上驮着，白天赶路，夜晚在能给牲口提供水草的客店里歇脚，但是也不敢轻易合眼——因疏于看护，毛驴被贼人偷走的事情时有发生。赶路已经十分辛苦，到了夜里还要蹲在外面看护毛驴，一个人实在是吃不消。这正是柴万金要将少年带出来的真正原因。

有了少年的帮衬，柴万金踏实了许多，夜里他再也不用自己劳神费力。少年上半夜歇息，午夜过后穿戴整齐去户外看护毛驴。

月残更深，这是一个冷寂的秋夜。少年守着几十头毛驴，望着深邃的夜空。他想起了青牛星的那句话："我时时刻刻都在看着你。"

少年有很多话要对青牛星倾诉，但他知道，青牛星来自天上，是一位神仙。

他对着天河，心中问了一句："青牛星，你在哪里？"

少年闭上了眼睛，用心去听，遗憾的是青牛星没有回答他。他心中的企盼被无声的夜色揉得粉碎。

事归空幻，繁星照着少年，少年也用沉寂来拥抱着沉静的星夜。

柴万金不但常年贩卖毛驴，家里还有十几亩田产。柴万金的大娘子给他生了三女一儿，大女儿十六岁已经出嫁，儿子最小，只有三岁。地里的活儿都是他大娘子带着两个女儿打理。农活儿最忙的时候柴万金才肯放下生意帮把手，因此他家一个短工也不雇。抛开纯粹的个人情绪，柴万金这个人勤勤恳恳，在竹里山庄也是人人称赞的对象。他身材魁梧，但算不上肥胖，言谈与行为举止都让人感到亲切。

但不知为什么，少年就是讨厌他，就连他与人打招呼时脸上挂着的笑，少年都十分反感。

东方发白，柴万金叫少年进屋子里歇息，天明以后好再接着赶路。

再有两天就要到石羊镇了，柴万金好像想起了什么，自言自语地说："已经出来好些天了，也不知家里怎么样了？"

少年心里一动，说了句："不大好……"

柴万金问："什么不大好？"

少年张了张嘴，没说话。

柴万金有些着急："你倒是说呀！"

看他这么急切，少年也就没了顾忌："太夫人摔断了胳膊，正在养伤。"

柴万金有些生气："胡说八道。"

接下来两人谁也不说话，只顾默默地走路。

柴万金到底是个走南闯北、见多识广的人，少年的话还真的勾起了他的疑虑，他叫过少年，问："你刚才说的话可是真的？"

少年看了看他："我心里想的。"

柴万金又气又恨："今后不准随便乱想。"

少年也觉得自己冒失，可柴万金阿母的境遇总在他心上萦绕，清清楚楚。

隔了一会儿，柴万金又问："这趟生意能怎样？"

少年想都没想，脱口而出："恐怕是要蚀了本钱。"

柴万金更是起了怨恨："你怎么一句吉利话都不会说？"

少年也觉得自己不该说这样的话，有些后悔。

接下来的一天两人很少说话，少年明显有些消沉。

石羊镇就在前面，柴万金的心情稍稍有了好转。这是个晴朗的上午，柴万金的毛驴顺利出手，赶上好行情还比预想的多赚了一些。收好银钱，柴万金便和少年去了一家酒楼。少年今天真是开了眼界，桌上除了几碟小菜，柴万金又特意要了几只用盐水洗净插在竹签上的活蝎子。只见柴万金用筷子将一只蝎子夹住，用剪刀将蝎子尾部的毒针剪断，然后直接送进嘴里……少年看傻了，原来蝎子是可以这样吃的？酒足饭饱之后，柴万金和少年去了一家客栈。安置妥当，柴万金从包袱里拿出一半银钱装进一条布袋子，说自己要去镇上逛一逛。

这是柴万金十分熟悉的地方，酒楼旁边那条小巷子里有一家茶馆，茶馆的后院设有赌局，从清早到午夜那里扰攘不堪。柴万金曾经来过这里，但从未认真地去赌。他先是坐在茶馆里慢慢地喝茶，赶在赌局人多的时候才到后院这边来。

柴万金进来的时候正赶上开局，中间一张桌子挤满了下注的人。庄家将装骰子的茶杯高高举起拼命摇晃，在人们亢奋的叫声中将骰子倒扣在桌子上面……

铜钱、首饰飞快地易主，看得柴万金心头直痒。

他费了很大力气才挤到前面，一把将布袋子摔在桌上……

旁边的人立马给他腾出位置，柴万金带着一种优越感坐了下来。庄家打量着这个陌生的财主，目光炯炯。

柴万金的钱袋子一点点地瘪了下去，不到一个时辰就输了个精光。

"起来吧！没钱就别赖在这里了。"旁边的人把他从座位上揪了起来。

柴万金蒙头蒙脑地走出赌局。一个赌徒抓起他留在赌桌上的布袋子，将门推开一道缝，丢了出去。

柴万金弯腰拾起布袋子。

他在街边站了好一会儿，才往回走去。回到客栈的时候，太阳已经偏西。

此时的柴万金，脸色很难看。

少年好像知道发生了什么，却不敢问。

柴万金将空空的布袋子丢在铺上，两眼直直地盯着少年。

他想起少年"恐怕是要蚀了本钱"那句话，问："你是怎么知道我要蚀了本钱的？"

"我只随便说说。"少年回答。

柴万金并不认可："不对！让你说对了，我刚才在茶馆后面蚀了本钱。"

驴贩子变成赌徒，一个输红了眼的赌徒。

少年瞪眼看着他，心想：原来他是这个样子的。

柴万金急了，一把拉过少年："你得想办法帮我把钱给弄回来。"他把刚才的经历毫无保留地告诉了少年。

少年沉默不语。

像是落水的人抓住了一根稻草，柴万金说："我常听人讲，小孩子的手最干净，你帮我赌一把，把钱给捞回来。"

"我不去。"少年的态度很坚决。

"好歹你就帮我这一回，完了我去跟你阿翁说，让他送你去学堂。"

听柴万金说起学堂，少年眼睛亮了，问："你说什么？"

"跟你阿翁说，送你去学堂，包在我身上。"柴万金信誓旦旦。

少年看着柴万金，没说话。

柴万金从包袱里翻出剩下的银钱装进布袋子揣在怀里，也不管少年答没答应，拖着他就往外走。

见柴万金动了真格的，少年害怕了，说："我不去。"

"啥也别说了，今天你必须得去。"

"凭什么？"

"就凭我蚀了本，这个忙，你一定得帮。"

柴万金拖着少年走出客栈，那样子像是拖着一头刚买回来的毛驴。那毛驴又十分地认生，总是在寻找机会挣脱他的束缚。越往前走，少年的腿越是发软。

来到街上时，柴万金将少年放开，说："信哥儿，帮我捞回了本钱，亏待不了你。"

"我没把握帮你把钱捞回来。"

"你绝对有把握，我看得出来。"

少年几次想停下来，柴万金都没答应。少年心跳得很凶，呼吸也有些快，他有一种被绑架了的感觉，一种承受不了的感觉，对即将到来的这场豪赌十分害怕。

柴万金眼里透着残忍，他已经豁出去了。

今天，少年对"身不由己"有了深切体会。他定了定神，说："若是输了，你可别怪我。"

柴万金赶紧打断他的话，说："不许说那些丧气的话，今天你一定能赢钱。"

少年自己往前走去，他屈服了。

两人走进赌局的时候，人差不多已经散尽，庄家坐在桌子后面歇息。

柴万金将布袋子放在桌子上面，哗啦一声。

庄家眼睛一亮："怎么赌？"

"一对一。"

"好！"

柴万金在桌子旁边拉过一个凳子，叫少年坐在桌子前面。

庄家认真看着少年："他也能赌？"

"我给他做主。"

"也好，什么规矩？"

"看点数。"

"下注吧！"

柴万金将布袋子往少年跟前挪了挪，少年从里面抓出五个铜钱放在桌上。

庄家咧了咧嘴，将两颗骰子装进茶杯……

第一局，少年输了。接着，他掏出了二十个铜钱放在桌上。

柴万金扭过身子，盯着少年的脸。

少年气定神闲："七个点。"

庄家摇起了骰子。

这一局，少年赢了。

…………

从赌局里出来已经黄昏，柴万金夹着装满银钱的布袋子和少年返回客栈。藏好银钱，柴万金问少年："你凭什么赢了庄家？"

"我知道他的点数。"

"你是怎么知道的？"

"他把茶碗放上桌子那一刻我就知道了。"

"哦！"

"但也不是每次都知道，有时他还没有往茶杯里装骰子，那点数就已经在我心里了。"

"原来如此……"他认真看着少年，看了半天，"这回咱不做毛驴生意了，换个地方还去赌。"

少年一下就想起他的承诺来："你说过，回去就让阿翁送我去学堂的。"

柴万金笑了："我们俩合伙去赌，天天进钱那有多好，何必去学堂里受罪。"

少年急了："我不会和你去干这种事情的。"

"有一回就有更多回。"

"就这一回，没有更多回。"

"就听我的，再去赌一回，一回总行了吧？"

"再赌就得输了。"

柴万金盯着少年的脸，半天没说话。

两人都有些沉闷。

今天，柴万金算是丢尽了面子，赌输了还得靠小孩子给他往回捞本，这件事一定会在竹里山庄传开。

得想个法子，叫小孩子无法开口。

隔了一会儿，柴万金出去了。回来的时候，柴万金脸上的皱纹全都舒展开了，他笑嘻嘻地说："刚才说的话别往心里去，我也没真的要你接着去赌。"

少年见他改了主意，这才放下心来。

"天快黑了，咱俩出去吃饭。"他将布袋子装进包袱背在身上，拉着少年又去了那家酒楼。柴万金又要了几碟小菜、一壶老酒，说是答谢少年。他端起一杯，硬是给少年灌了下去。临了，柴万金叫少年一个人回客栈歇息，说他要去附近一个庄子里看望朋友，便离开了。

少年回到客栈，天完全黑了下来。

这时，柴万金悄悄进了另一家客栈。

头昏脑涨，少年衣服没脱就沉沉地睡去。

第二天清早，柴万金回来了。刚进客堂，就看见少年被客栈掌柜给捆了起来。

柴万金大吃一惊，仔细打听，原来昨夜客栈丢了一把斟酒的银壶，大清早伙计在少年的包袱里给翻了出来。客栈掌柜正要带他去见官。

少年冲柴万金说，昨晚从外面回来自个儿就再也没离开过客房，谁知道那把银壶是怎么跑到自己包袱里去的。

伙计手捧银壶，绘声绘色地讲述查获赃物的经过。

少年说伙计是在演戏。

柴万金不想听少年的分辩，要客栈掌柜将少年放开，说客栈损失了多少银钱全都由他来赔偿。客栈掌柜说没有别的损失，这把银壶是他祖传之宝价值不菲，少年如果肯认罪也就不再追究。

少年看着柴万金。

柴万金埋怨少年：“惹出这么大的事情来，让我怎么跟你阿翁交代。”

少年扭头看着别处，不再理会柴万金。

陷入僵局。

人赃俱获，少年就是不肯认罪，客栈掌柜几次发作全被柴万金给劝解下来。最后柴万金赔客栈掌柜铜钱五串又央求伙计代写供状，柴万金替少年画押后交给客栈掌柜这事才算了结。

柴万金十分懊恼，再次责怪少年给他惹了一场麻烦，说他再也没脸在石羊镇做生意。少年看着他，一句话也不说。

客栈掌柜又开始安慰柴万金，说他不会把这件事张扬出去，反正客栈也没什么损失，这件事就到此为止，今后再来石羊镇还在客栈歇脚，谁也别把这件事放在心上。

柴万金一脸的沮丧。

客栈掌柜带着五串铜钱回账房忙自己的事情去了。

柴万金拎起少年的包袱，要和他一起出去吃早饭。

脱困的少年两眼直直地望着门外，不知在想什么。柴万金催促了几次，少年都没有说话，他觉得自己受了极大的侮辱。

少年摸了摸带着勒痕的手腕，转身看着伙计，刚才就是他用绳子将少年捆起来的。

伙计被他看得有些发毛，借故走开了。

柴万金知道此地不宜久留，还是早点儿离开为好。他拉起少年走出客栈大门。

就这样，两人闷闷地离开了石羊镇。

和来时不同，这一路少年很少说话。柴万金也不再唱他的小调，他也很压抑。少年跟在柴万金的身后，想起竹签上的活蝎子，还有他一张一合的大嘴巴，心里倒腾出两个字来——野兽。少年个子虽然没有他高，却有了一种俯视的感觉。仅仅一个早晨，少年就开始鄙视柴万金，这么快人就产生不同的心理状态，很奇妙。

　　到了中午，柴万金在镇上买来几个饼子。少年勉强吃下一个，两人又继续赶路。

　　黄昏到来的时候，天空飘起了雨丝，路上行人稀少，偶尔碰见几个，也都缩头缩脑地走路。起了风，又冷又饿，柴万金打算早点儿歇下来。少年心情烦躁，只顾一个人往前走去。柴万金很是无奈，看着少年的背影，寒冷的感觉一点点地侵袭他的心头。

　　几天后，柴万金和少年回到了竹里山庄。柴万金急忙去见阿母，阿母一只胳膊用木板托着吊在脖子上面，看上去的确伤得不轻。

　　柴万金沉默了，这个少年的确很不简单。山庄里许多人包括他自己根本就没看出来。

　　少年没回到学堂，但也没继续跟柴万金一起去贩卖毛驴。不管阿翁咋说，少年就是不去。这次出门，少年成熟了许多，他显然有了主意。

　　很快，山庄里就有人说柴万金想把小女儿嫁给少年，被拒绝了。

　　此后，柴万金像是有意躲着少年一家子。冬天到来的时候，阿翁在街上碰见了柴万金。阿翁说："出门在外，小孩子给你添麻烦了，他有什么做不到的地方，你多担待些。"柴万金愣了一下，很快就平静下来，赶忙把话题岔开："挺好的呀！压根儿就没有什么做不到的地方。如果他愿意，我还想带着他。"

　　阿翁："本来，我们两家就该成为亲戚，可是……"

　　柴万金："没做成亲戚，咱俩和亲戚也没啥两样。"

　　又聊了一会儿别的，两人就分开了。

二　柴万金

少年没把他的遭遇告诉给阿翁，他不想让阿翁产生误解。这本身就是一件稀里糊涂说不清楚的事情。柴万金找人替少年代写供状又替少年画押，那一刻少年几乎要瘫软了，柴万金这样做是出于什么心理少年明明白白。即使回到家里，少年眼前老有这个场景，撵也撵不走……

不知为了什么，这几天阿翁总是念叨柴万金，他把"咱俩和亲戚也没啥两样"这句话挂在了嘴边上。连阿母都有些听烦了，问他，柴万金究竟给了咱家什么好处？阿翁这才闭了嘴。

少年心里明白，阿翁是因为家里穷，想和柴万金攀上亲戚。但是少年的态度十分坚决，就是不乐意。

这个冬天，柴万金的毛驴生意十分红火，几乎每个月都要往返石羊镇，黑天白夜没人帮衬，柴万金吃不消了，他雇了一个年轻的伙计。

伙计来自相邻的瀍濑山庄，家里早就娶了小娘。在石羊镇，柴万金的毛驴刚刚出手，他便索要工钱。柴万金问他为啥这么急，伙计说他要买些东西带回家去，柴万金只得如数结算。伙计拿了工钱转身就出去花天酒地，花得两手空空，回到家里推说东家没有结算工钱，一连几次都是这样。快到年底的时候，伙计来找柴万金借钱消灾，柴万金一口拒绝，并说第二年不再雇用他。

回到家里，伙计受不了小娘的盘问，便说在石羊镇柴万金带他进了几次赌场，工钱全都给输光了。

年关刚过，伙计便浑身生疮，明眼人一看就知道是怎么回事，他的事情终于败露。

伙计生了大疮，消息传得沸沸扬扬，竹里山庄的人带着异样的眼神去看柴万金。出了这么一桩丑事，柴万金一时半会儿很难雇到伙计。

到了春天，少年担柴回家的路上又碰上了柴万金。他一个人背着包袱，赶着毛驴朝山口这边走来。少年走累了，放下担子，坐在树桩上小憩，柴万金赶着几头毛驴从少年身边走了过去。走过去后，他又停住，看着少年说："还是跟我去吧！咋也比卖柴火好些。"

少年摇摇头。

"我知道你还在纠结客栈那件事，过后我也觉得你有些冤枉，可那是人家的地盘，我也没有办法。为了你，我整整搭上五串铜钱。"

他说的话少年全都听见了，却又像是没听见。

"你再想想，这回是我雇你做伙计，工钱好商量。"柴万金丢下这么一句话，转身追赶毛驴去了。

应该说柴万金的心理素质还是相当了得，他对石羊镇客栈里发生的那件事没有一丝一毫的愧疚，更不觉得对少年有多大的伤害。相反，他觉得是他替少年化解了危机，少年应该心存感激才对。他认为偷与没偷对一个小孩子来说算不上什么大事。再说事情过去也就过去了，根本不应该记在心上，仿佛那就是一场游戏。

当然，他相信少年一定会对这件事守口如瓶。但他不会意识到少年这样做，在另一层面上也是维护了他的面子。

然而，那场遭遇，给少年带来的可能是成熟。在后来的日子里，无论什么时候只要想起柴万金，少年内心的自信与豪壮便一点儿一点儿地积聚起来，这一切都源自他对柴万金的不屑。柴万

二　柴万金

金已经破破烂烂，从头顶到脚底没有一丁点儿的好地方。道德层面，竹里山庄谁的形象都要比他高大。

柴万金就是个矮子。

傲岸，在少年平静的心湖里，潜滋暗长。

二　柴万金

金已经破破烂烂，从头顶到脚底没有一丁点儿的好地方。道德层面，竹里山庄谁的形象都要比他高大。

柴万金就是个矮子。

傲岸，在少年平静的心湖里，潜滋暗长。

三　蓬赖园

树远云生脚下，孤舟雪浪南天。

绿叶青枝兴会，霞衣煜耀无间。

　　学堂不能去了，整天闲在家里没有事情可做，阿母阿翁跟他没有多少话说，少年只有郁闷的份儿。冬天刚刚过去一半，地里没有什么活计，少年有许多时间可以出去走走，他去得最多的地方还是归星湖。

　　归星湖得名于一个传说。上古时候，一颗灿星从北天划过直落湖心，万丈水花直冲云汉。有星落入大湖，从此这片水泊就叫作归星湖。群山环抱着的归星湖碧波茫茫，云天苍苍，带着一种寂寞，也带着一种远古的神秘。湖的周围分散着许多庄子，北岸靠近山口的竹里山庄最大、最繁华。竹里山庄正南的湖岸边卧着一块巨石，巨石大过几间茅屋，显得十分气派。巨石背靠土岸的那一面形成了一个光滑的斜坡，可想要爬到上面去并不容易。

三　蓬赖园

从小到大，少年少有玩伴，他最喜欢独来独往。每次来到湖边他都要爬上巨石，站在巨石上面看竹林和湖上的水鸟会别有一番感受。

一个黄昏，暮色苍茫，少年一个人坐在巨石上，默默地看着湖水。远处的峰峦笼罩在一片烟云之中，一弯钩月刚好斜挂在西天边上。

没有风，身后的竹林静悄悄的，没有一点儿动静。少年有点儿孤独，他想该回去了。

湖面上似有灯火摇曳，接着又传来"哗啦哗啦"的划水声。少年仔细去看，一条小船已经来到近前，船头竖着一根竹竿，竹竿上挑着一盏白色的纱灯，纱灯轻轻摇晃，湖水现着斑斑银色。

这个季节很少有人下湖捕鱼，况且捕鱼人也从不在巨石这里登岸。他是谁？为什么这个时候出现在这里？

小船在岸边停住，摇船的人看着少年："我是落苍子，你可是信哥儿？"

少年不知道谁是落苍子，但能够叫出自己名字的，一定是这附近的人。

"信哥儿，怎么不说话？"落苍子又问。

看不清落苍子长得什么样，听声音是个年轻人。少年从巨石上爬下来，说："我是信哥儿，先生叫我何事？"

落苍子说："我家祖师有请。"

少年看了看四周，问："祖师在哪里？"

落苍子指着湖对岸，说："祖师在蓬赖园。"

归星湖四周有许多庄子，少年从未听说有个蓬赖园。他朝落苍子手指的方向望去，苍茫深处一片模糊。

没听说不等于不存在，就像竹里山庄，庄主家就有很大一片园子，里面竹树交加、亭台轩敞，虽然简朴，但在人们眼里也是最优雅的艺术了。无论哪个庄子，拥有园子的都不是普通人家，他们的身份可想而知。

蓬赖园大概就在湖对岸不远的一个庄子里，少年心里这样想着。

落苍子不急不躁，站在船尾看着少年。

天色已晚，可是少年还是爽快地答应下来。落苍子将船头抵近岸边，少年跳了上去。

小船不大，通长十尺有余，落苍子站在船尾，双手撑桨。船中间没有篷，除了船头的一盏纱灯，再没有别的东西。

少年在船头坐下，落苍子摇动双桨，小船掉转方向朝湖心划去。

几句话就上了一个陌生人的船是不是有些轻率，小船刚刚离开岸少年就有些后悔。

转念一想，湖对岸不算太远，到了蓬赖园与他家主人见上一面，不待夜深就能回来。前两年，他与小伙伴们去别的庄子看戏，回来就已经是午夜，阿翁、阿母也不会担心。

落苍子知道少年的心思，在没到蓬赖园之前他什么也不能说，这是祖师的交代。他一副轻松的样子，仿佛蓬赖园就在前面不远的地方。

这不是一条普普通通的船，摇船的也不是等闲之人，他要把我带到哪里去？少年有了不安。

落苍子唱起了小曲：

　　浮槎入河汉，
　　微路荡清歌。
　　碧穹隐清影，
　　云下涌寒波。
　　铺彩争艳逸，
　　流景过云河。
　　良时倏然过，
　　遗思普化泽。

少年听了，心中一动。
落苍子接着又唱：

　　别途逢水驿，
　　玉岸做微澜。
　　倚枕听风去，
　　窃梦一千年。
　　千年十涅槃，
　　志逸三重天。
　　绯衣升紫殿，
　　敝履堕勾栏。

少年相信，落苍子的确有些来历，心里的紧张一点点散去。

云气清晰，纱灯并不算亮，光芒穿过夜雾，直迄归星湖外连绵的峰峦，远近梦幻般的银色。

少年的注意力全都转移到这盏纱灯上。

方方正正的纱灯，里面的烛火跳动几下，远处的峰峦忽淡忽浓地飘浮着。

尘世上不该有这样的纱灯。

这纱灯似曾相识，好像在什么地方见过。

少年思索着。

他想起了筱园门口的两盏纱灯，在天上几乎所有宫殿门口的纱灯都是白色，没有红色。至于为什么都是白色，少年并不清楚。

峰峦渐渐消失了，如同一缕青烟，说不见就不见了。

落苍子一句话也不说，少年也不问他，只是默默地望着前方。

风起云兴，少年一下子迷失了方向。他转过身看着落苍子，问："我们在往哪个方向走？"

落苍子答非所问："很快就要到了。"

少年知道，落苍子是不想让他知道来路，便不再作声。

落苍子看都不看少年一眼，只是漫不经心地摇着船桨。

少年相信这绝不是一趟寻常的旅行，已经身不由己，只能听从命运安排。

归星湖已经被抛到了后面，少年感到落苍子根本不是在摇船，而是在拨弄云雾。天越来越亮，少年这才看清，小船一直浮荡在白云上面。前方出现一大片陆地，小船终于停了下来。

少年知道那绝对是一个非同寻常的所在。

落苍子招呼少年："信哥儿，请上岸。"少年起身下船，落苍子放下船桨跟在他的身后。四周云雾缭绕，少年辨了辨方向，两人沿着一条青石路往前走去。走了几步，少年回头去看，纱灯熄灭，身后的小船也不见了。

"这是什么地方？"少年问。

落苍子说："这里就是蓬赖园，归星湖已经很远很远了。"

"带我来这么远干什么？"少年更加疑惑。

落苍子说："刚才说过，我家祖师去尘公要见你。"

"去尘公是谁？我不认识。"少年问。

落苍子说："一会儿你就知道了。"

"船在哪儿？"少年既担心又无奈。

落苍子安慰他："浮槎还在原地。待会儿我就送你回去。"

听他这么说，少年慢慢放下心来。在落苍子的引领下，少年沿着青石路向南走去，不一会儿两人就来到一处茅亭前。

落苍子说："这里是蓬赖园的驿站，我们先在这里歇息一下，然后进须奥城去见去尘公。"

少年从未见过建在园子里的驿站，十分好奇，仔细地看起来。

驿站居然是这个样子的：一根柱子支撑着的茅亭，柱子顶端自上而下上刻着三个大字"半野亭"，茅亭四周随便放着四个石礅。

收起好奇心，少年和落苍子各找了个石礅面对面坐下。少年问："为什么叫它半野亭？"

落苍子说："这里既非天上又非地下，到处都是修炼过的花草树木，虽有灵性却未入真途，故称之半野。"

少年听了，似懂非懂。透过云雾，仔细打量着这个完全陌生的地方。

没有城门，没有牌楼，一条青石路直通远方。

前方两枝蜡梅飘飘荡荡来到少年跟前。

少年见过蜡梅树，看那枝头上的淡黄色花朵就知道来的是两位童女，问落苍子："她们是谁？"

落苍子对少年说："两位蜡梅仙子，前面那个叫愉风，后面那个叫悦雪。"

被道出名字，愉风、悦雪立即现身，两人皆着淡黄色斑纹锦衣，手里各端一盏清茶，站在落苍子和信哥儿面前。

"愉风见过信哥儿。"

"悦雪见过信哥儿。"

"不敢不敢……"少年赶忙站起身来。

愉风、悦雪将手里的清茶分别献给信哥儿和落苍子后侍立一旁。喝完清茶，落苍子邀信哥儿继续前行，愉风、悦雪化作两枝蜡梅各自返回树上。

愉风、悦雪是蜡梅树上两个最小的枝条。蜡梅树叫寒婆夷，是她们两个的祖母，原本生长在皇家花园里，花朝节那天花神使女篯笭去皇家花园查看花卉碰见寒婆夷，两人说了几句话就分开了。一天，篯笭又来到皇家花园，这次她是专为寒婆夷而来。寒婆夷知道幸运降临了，她恭恭敬敬地接待了篯笭。篯笭告诉寒婆夷，花神召她去蓬赖园掌管落叶花木。寒婆夷禀告篯笭，自己在花园里住了三百余载，数十子孙不知可否随她一起离开。筅竽告诉寒婆夷，花神有过交代，树上各枝蜡梅皆可前往。

寒婆夷带着一众蜡梅离开皇家花园，此时少年在蓬赖园里遇见了愉风、悦雪。

这是一条崎岖不平的坡路，很快落苍子和少年来到坡上。四面来风，少年顿觉衣单，他问落苍子须臾城还有多远。落苍子说这里是希奇崚，过了希奇崚就是须臾城。

平缓的坡地野草连绵，远处几棵梅树的枝头开着白色、粉色的小花。少年心想：这只不过是一道没有人烟的荒坡而已。

往前又走了一段路，云雾渐渐消散，出现一座草屋。少年问："须臾城还有多远？"

落苍子指着草屋告诉少年，那就是须臾城。

没有街道没有连片的房舍更没有人群，这也叫作城？

落苍子看出了少年的心思，说："须臾城虽无显宇，但这里土势敞丽，到处都是花草林木，除此再无其他生灵。去尘公久居此地，指象画卦，天人之事，无所不知。"

听落苍子这么说，少年起了一个念头：这里当属福地，去尘公定是一位了不起的神仙。难得来此一回，他一下就喜欢上了这个地方。

两人来到草屋门前。

这时屋门推开，从里面走出一个六七岁大的小童来，冲着少年说："主人有请。"

信哥儿不敢怠慢，跟在小童身后走了进去，落苍子站在门外等候。

草屋里面一位四十多岁的长髯男人席地而坐，见少年进来，指了指对面，说："信哥儿，坐下说话。"

信哥儿跪下问："晚生该怎样称呼神仙？"

去尘公回答说："叫我祖师就行。"

信哥儿叩头后小心坐下。

去尘公："我们随便聊聊，不必拘束。"

信哥儿："愿听祖师教诲。"

去尘公讲了一个故事。

上古时候，须臾园里住着十位贤人，为首的一位叫季澄。一天夜晚，他看见东天升起一颗亮星。这星象非同寻常，十贤凑在一起望着深邃无垠的夜空，心里起了疑惑。一个月过去了，那颗星越来越亮，十贤开始恐慌，是对即将到来的灾难的一种恐慌。

他们全都注视着一个地方，那里有一片大湖。从上古时起湖岸边就有人居住，如今那里人稠众广，阡陌纵横。

十贤不知道灾难将于哪一天降临，但他们知道这次大湖边上所有生灵都将厄运难逃。

离这颗星坠落大湖的日子越来越近，十贤去了大湖，告诉岸边所有生灵赶紧逃避。大湖边的人们半信半疑，耽误好几个日子。

天空越来越亮，大湖边上的人们终于醒悟，不顾一切地向山口外面逃去。

几乎所有的花草树木都向十贤求救，十贤竭尽全力但还是不能把它们全都解救出来。亮星带着冰水坠入大湖，村庄土地全被大水吞没，十贤只能遗憾地带着少数草木离开。

大湖陷入沉沦，一直荒凉了几百个寒暑。

回到须臾园，十贤将这些有灵性的草木安置下来。这些草木获得了重生，更愿意随十贤修行。

乾坤运转，大湖重新焕发生机，成了一块福地。

十贤居住的须臾园林木深秀、流水清幽，尘世上但凡修炼过的草木都被十贤召来。蓬莱园无边无际、无始无终，成了花草树木的乐园。后来，十贤飞升。自此，每隔五百年，就有一些空灵的草木飞升太虚。

听到这里，少年问去尘公，十贤去过的大湖是不是现在的归星湖？去尘公告诉少年正是如此，只是这件事情已经过去万载有余。

少年不禁心生赞叹："去尘公真是天、人之事，无所不知。"犹豫片刻后，少年问去尘公，梦里的麻直国是否真实。

去尘公告诉少年，麻直国不在红尘之中："去岁，你从那里归来霞衣辉光闪耀，世人虽然无视，可修炼过的魂灵个个有知。邀你来蓬赖园，花草树木见过霞衣后，会更加持身端正，努力修行。这个季节梅花当令，你刚进驿站两枝蜡梅就已与你相见。"

少年心中暗想，霞衣真的这般神奇？

去尘公接着告诉少年："七彩霞衣着实难得，穿在身上是你的福分，受此荫庇全家康宁，心生清净。若不是奔星将你带去麻直国，一生无此机会。"

少年希望去尘公能给自己的未来做些指点，去尘公说，少年来到人间该经历的一点儿都不会少，不必过早知道。此生之后少年还要在蓬赖园走上一回，就像现在的落苍子一样。去尘公说，今天可以传给少年一篇混元旋天真言，日后当有用处。少年虽然学业不精，但听过一遍便牢记在心。去尘公又将对应的星图在少年面前演示一遍，告诉少年星图与真言要一起使用，不可拆开。

少年怕自己记得并不牢靠，又在地上将星图演示了一遍。

去尘公见少年能够熟练运用星图，便说，园子里那些草木都想见见霞衣，少年可以在院子里随便走走。少年答应，跟着小童走出屋子。

落苍子正站在外面等候，见少年出来，说："有一位你的乡邻，想要见你。"

少年十分诧异，在这里居然还有一位乡邻。

苍子指着身边一位童子："就是这位。"

少年上前一步："敢问你是哪位？"

童子说："我叫喜溦，竹里山庄寺庙前松树的一枝，已经百余岁，日前被一伙顽童折下，幸得祖师收留于此。信哥儿不认识我了？"

少年一下子想起竹里山庄寺庙前的那棵老松树，枝梢奋扬，扶疏幽蔼。溽暑季节赫炽焚灼，野叟摇扇荫下求凉；炎烛潜隐，微风撒蒸，稚子绕树追逐玩耍。奈何落条有灵，世人难识。

少年心生感叹："如此当属故人，幸会幸会。"

"幸会幸会。"说完，喜溦退在一边。

落苍子说祖师交代，由他陪少年往前再走一程，然后送少年返回归星湖。少年欣然应允。

他们沿着一条更加宽敞的青石路朝前走去，一边走一边和路两旁的花草树木打着招呼。

这时，晴朗的天空现出一片美丽绝伦的彩霞。霞光倾泻在信哥儿身上，信哥儿身上的霞衣熠熠生辉。信哥儿十分惊奇，他从来没有见到过七彩辉光，想都想不到。

草木生灵们像水流一样从四面八方拥来，在少年和落苍子身边走动，以他们为中心形成流动的旋涡。

蓬赖园有许多艾草，其中一位叫卷采。

卷采的出身很特别：一位采药的全真不小心从葫芦里掉下一粒锦艾的种子。种子落地生根，大河边上就有了卷采。

卷采来到这个世上，发现身边全是低矮的野草。他个子高挑，浑身散发着浓郁的香气，野草全都羡慕他。卷采神气非凡，整天沉浸在优越感之中。

初夏的一天，牧童赶着羊群朝卷采这边走来。羊群拥着、挤着从卷采身旁走了过去，牧童却在卷采身边停了下来。卷采一阵恐惧，他闭上眼睛，不敢去看牧童，心里祈祷牧童快点儿离开。

四周只有这一株艾草，牧童十分好奇，伸手将艾草从地上连根拔起。卷采痛苦得叫出声来，但牧童是根本就听不到的。

飞来的横祸。

牧童随手将卷采抛向远处，追赶羊群去了。可怜的卷采倒在地上瞪着眼睛发呆，身旁的野草都为他感到难过，但谁也没有办法拯救卷采。

午后的太阳照着大河，照着荒野，也照着卷采。此时的卷采再也感受不到阳光照耀的愉悦，干渴得要命。

卷采越来越烦躁，但他没有办法自救，只能盼望天快点儿黑下来，免受太阳的炙烤。

这天夜里淅淅沥沥地下起了小雨，焦渴的卷采似乎看见了生机，贪婪地吸着雨水。

附近有人在窃窃私语。

"云太薄，这雨怕是下不了多一会儿。"

"那个倒霉的卷采怕是不行了。"

小雨仅仅打湿了地面，并不能改变卷采的处境，卷采命悬一线。

早晨，天晴了。吸足露水的野草舒展着筋骨，你看看我，我看看你，谈论着昨晚的梦境以及今天的天气，没人再去关注卷采。卷采蜷缩着身子，满是辛酸与绝望。他想象着自己的归宿，或许是风干，或许是烂掉，再被风一吹就什么都没有了。身边的泥胡菜嫌卷采晦气，往天胡荽那边推了推他。天胡荽也不待见艾草，扭过身子找白苏搭讪去了。

荒野绿色茫茫，直通天际，一片白云从正北的天空飘了过来。白云上面站着去尘公，他从骆驼山归来经过这里。

昏昏沉沉，荒野上倒着一株艾草，那是卷采。

去尘公在卷采身旁停住，仔细看着卷采，心想：谁这么不小心，无端生出这么个麻烦来，待我救他一救。

卷采无力地睁开眼睛，看了看去尘公，又昏睡过去。

去尘公收集露水洒在卷采身上，卷采慢慢苏醒过来。知道自己已经获救，卷采哭了。

去尘公将卷采带回蓬赖园，落苍子将卷采安置在一个幽静的地方，用心栽培，卷采活了下来。

卷采的身边没有邻居，整天孤零零的，没人告诉他蓬赖园来了一位少年。在别的花草拥向路边时，刚刚睡醒的卷采才发现园子的上空升起了鲜艳的彩霞。那辉光与任何灵魂都息息相通，卷采可不想错过这千载难逢的幸运。他往前跑了一段路好不容易才追上一株茶花，一把揪住她的衣衫。

茶花知道卷采缠着她，可又没法摆脱，自己本就不能挤进人群，何况身后又多了这么一个累赘。

这个累赘并不惹人讨厌，茶花倒是有些惬意。

卷采的头高昂着，看到的都是别人的肩膀和后脑勺，就连天上的彩霞都看不见了，他有些气闷。

人流很紧凑，以一种文明亦很高雅的形式移动着，茶花还是凭借自己的灵巧将卷采带进了人流，但他们很快就被冲散了。茶花踮着脚尖往前去看霞衣，卷采却被古柏、老槐挡在身后。卷采找不到茶花，想靠自己的力气摆脱身边这些高大的影子。他费好大力气才转过身去，看到的却是更加紧凑的青竹，几经挣扎不知又被谁踩了几脚。

"放我出去。"他急得叫出声来。

茶花知道卷采遇上了麻烦，想出去寻找。面对熙熙攘攘的人群，她也陷入了困境。

落苍子跟在少年身后，与卷采还有很远的一段距离，但他还是听见了卷采的叫喊。他叫过小童："去把卷采接到这里来。"

小童找到卷采时，卷采躺在地上，茶花守在他的身旁，他们已经被人群远远抛在身后。小童扶起卷采，说落苍子要他过去。卷采听了，一下子从地上跳了起来。小童拉着他的手，茶花跟在他俩身后，绕过人群来到落苍子面前。

落苍子牵着卷采，小童伴着茶花，几个人跟着少年身后，身旁那些花草树木看着卷采全都笑了。

卷采一点儿也没有不好意思，他的样子很平静，落苍子的眷顾对他来说那是一种荣耀，在以后的岁月里他都不会感到孤独。

老槐好不容易挤到前边，伸出双手去拉少年。落苍子放开卷采，上前将老槐拦住。

所有的花草树木都十分惊诧，责备地看着老槐。的确，老槐不该如此贪心，伸手去沾少年的仙气。

老槐十分尴尬，低头站在一边，厚道的少年对落苍子的干预很是不解。

谁都知道，老槐在园子里修炼了百十年，可就是没有长进，所以才想了这么一条捷径，但那是根本行不通的。

园子里一阵安静，这安静使老槐受到巨大压迫。老槐退出了人群，他不好意思再在这里待下去了。其实人们没有心思再去管他，而老槐的心地却呈现出一派荒凉的景象来。

老槐生长在远离村庄的大山里，不幸的是被财主看中。老槐知道劫数已到，在匠人动手前离开了。财主将槐树伐倒做了一口棺材，很快也就寿终正寝。

老槐四处流浪，一天遇见一位去浮罗山赴会的全真。全真听了老槐的遭遇，问他是否还想回到尘世。老槐思虑再三，说如果能有一个存身的地方，他不想去尘世再受一回屠戮。全真将他带在身边，散会后至蓬赖园。全真嘱老槐好好修行，早晚会有出世的机会。

恨意难平，老槐很难清静下来，虚度三百余载，一事无成。

蓬赖园里和老槐有相同心态的古树还有很多很多，他们好比尘世上的隐者，有着各自的迷茫。看见老槐的境遇，他们都感到了各自的渺小和细弱。

落苍子并不在意老槐的离开，他认为这样的结果更加妥当。

茶花今天高高兴兴，一点儿烦恼也没有。面对无数的花草树木，自己能有这样一个近距离观赏霞衣的机会，很幸运，也很荣耀，但这不是她主动争取来的。

此时，少年眼里的花草树木，个个可亲可爱。他们怀着仰慕之心去接近少年，憧憬着未来有一天能够飞升，或者化生成像他一样的少年，红尘国里过一回温和而又充满张力的人生。

平心而论，他们想的一点儿都没有错。

霞衣的辉光照耀着蓬赖园每一寸土地，少年有机会来到这个地方，全是命运的安排。就像奔星带他去麻直国一样，少年也是一场盛会的参与者。

落苍子像是得到了谁的指引，冲着人群说："时辰到了，信哥儿该回去了。"

几株兰草一脸的失落，冬天的蓬赖园很少有今天这样的生气。随着少年的离开，这片净土又恢复了往日的庄严与肃穆。

花草树木全都站在那里，他们没有马上离开。他们知道少年走后，不会再来了，这样的狂欢只有一次。他们没有遗憾，有的只是珍惜与珍重。

莫说蓬赖园的花草树木有些不知足，短暂的相遇足以改变他们每个人的命运。霞衣带来的辉光将他们引向大放光明之处，引向春风沉醉的未来。

天空的彩霞渐渐消散，少年身上的霞衣也在慢慢隐退，最后全都消失不见。在落苍子的陪伴下，少年向半野亭那边走去。花草树木目送少年离开，直到他的身影消失在茫茫云雾之中。

蓬赖园的天空十分的清新。

他们又来到登岸的地方，白色的纱灯仍亮着。

落苍子拉过小船，少年轻快地跳上去。小船荡了几下向来时的方向划去，天越来越暗，很快又全黑了。

繁星点点，少年又看见了归星湖岸边的巨石。

小船在岸边停好，落苍子对少年说："回到家里千万不要对任何人提起霞衣之事，免得给你带来麻烦。"

少年说："我记住了。"

落苍子说："七彩霞衣非你一人所有，天下苍生能见之者，自然心生清净，不堕迷途。"

少年心生感慨："我明白了。"

落苍子说："信哥儿，你可以登岸了。"

少年答应着，离船上岸。他没有立刻离开，目送着落苍子。

落苍子掉转船头，向湖中心摇去，纱灯银光的照射下，一个优雅的影子，精灵般摇晃在夜的空间里。其实，他就是一个精灵。他的身世，轻易不会被人知道。

在并不遥远的过去，落苍子是归星湖水府里的童仆，蓬赖园祖师去尘公与湖神商量把他借到了蓬赖园。

三 蓬赖园

落苍子唱得好曲子，蓬赖园太寂寞了，那里需要他。但，落苍子并不总是留在蓬赖园。蓬赖园与外界有很多的联系，去尘公把许多事情都交给了他，落苍子要去很多地方，每天都很忙碌。落苍子毕竟属于归星湖，早晚还要回到水府。这次蓬赖园之旅让少年对未来有了一些了解，这也是去尘公为蓬赖园做出的安排。

少年往湖岸上走了几步又停了下来，在向湖中看时，落苍子早已不见。

站了一会儿，他朝竹里山庄那边走去。

一缕箫音从庄子那边传来，隐约灯火闪烁，人们还没有安静下来。少年一边走一边回想刚才发生的事情。

蓬赖园究竟在哪里？少年实在说不清楚，落苍子告诉他那里即非天上又非地下，而非天非地又是什么所在？少年只知道一条小船把他载到那里，落苍子又叫小船为浮槎。浮槎这个名字并不陌生，在学堂的时候就听先生说起浮槎通往天河。那么蓬赖园一定在归星湖与天河之间。归星湖与蓬赖园相距遥远，往返也只用了一个时辰。浮槎很轻盈，很安静，在湖面和半空中平稳地穿行，遗憾的是不知道它究竟停在什么地方。

他又回头去看巨石，巨石安静地卧在那里。

少年心想巨石也是有底蕴的，与人的灵魂息息相通。白天坐在巨石上面欣赏湖水会让人迷醉，夜里躺在巨石上面仰望星空头脑会更加空灵。巨石守护着归星湖，否则它卧在这里为了什么？

还有浮槎，它偏偏选择在这里出现。

登上浮槎，一盏纱灯映着远近，大湖粼粼，冈岭幽幽，星路迢迢，云波渺渺，不知不觉就到了蓬赖园。与麻直国一样，又是一次奇妙的旅程。

浮槎还会来吗？机会大概只有一次。而这一次就足够幸运了，何况身上还有一件霞衣。少年这样想着，心里少了一些遗憾，多了一些满足。

穿透云迷的纱灯，怡然自得的落苍子，少年一辈子都不会忘记。

此生过后他也要在蓬赖园走上一回。无论麻直国还是蓬赖园，哪一场经历都值得反复回味，可遇不可求。

湖上那盏白纱灯，透着银色的光芒，有谁能够遇见，千万别错过。

四　庸夫人

缟袂青裙蓄怨，顽皮赖骨蛮缠。

恣虐擎出杏子，别来再会无缘。

夏天到了。

又是一个黄昏，少年走进山口，他没有直接回竹里山庄，而是朝归星湖走去。归星湖的落日很美，从阿姐家回来，少年想去湖岸边的巨石上坐一坐，再看一看晚霞下的湖水。

因为浮槎，少年迷上了大湖。

红日西沉，少年爬上巨石。风拂着脸颊，出奇的温柔。

巨石东面半山坡上的山洞里住着庸夫人、绿珠、青玉和紫玹，没有人知道她们从什么地方来到这里，只知道一位年长妇人带着三个年少的道姑，在这里修行。一个月前，庸夫人在湖岸边施符水救活一个投水自尽的女人，因为这个机缘，人们才注意起这几个方外女子。

很快就有了传说，庸夫人是位得道的仙师，除了为人解除身体的病痛，还传授趋吉避凶的法术。

竹里山庄和山口外的人纷纷拥来拜谒庸夫人和她身边的三位小道姑。

阿翁也跟人们去了几次山洞，这才叫少年去找阿姐，让庸夫人给阿姐消灾除厄，求个好运。

阿姐住在山外的溪汕，一个几十户人家的小庄子。少年出了山口，踏着野草往前走去。一片树林后面隐藏着许多茅草屋。已经是傍晚，鸡叫犬吠，炊烟在许多茅屋草舍的上方升起，缭绕云端。

见到阿姐，少年把阿翁的意思说给她听。阿姐说她不相信神仙，没有跟少年一起来归星湖。

帮阿姐做完田里的活计，太阳已经偏西，少年想要在晚饭前回到家里，时候不早，阿姐也就不再留他。

湖水潋滟，一片空明，晚风拂面，身心皆清。暮色美化了迷蒙的山岚，少年坐在巨石上面，想起梦中的麻直国，归来时有青牛星相伴，一种腾空逸去之感瞬间拥抱了他。

还有浮槎，尤其是蓬赖园的经历，留给少年的并不仅仅是有趣和神奇，还在很大程度上影响着少年的人生。

少年向东面的山坡上望去，那里峦翠如屏，烟雾轻笼下的竹林小鸟啁啾婉转。红霞一幕中的庸夫人、绿珠、青玉和紫玹，还有空寂的山洞，都给人一种说不清楚的感觉。

山洞前的空地上每天都坐满了前来祈福的人，野果、香花摆

四　庸夫人

满了法坛。那天少年和阿翁去了山洞，见过庸夫人和几位道姑。庸夫人凤目微阖，眉梢高挑，身着对襟阔袖斑衣坐在竹林前面，一脸清肃。绿珠、青玉、紫玹联翩裙屐，三人一排立在庸夫人身后。看上去紫玹应该年龄最小，风月清淡，吸引了许多男人的目光。

没有人知道他们面对的竟然是四个精灵——蜘蛛。

竹林上的红霞渐渐隐退，黑衣的夜神很快就会降临，少年从巨石上滑了下来，朝竹里山庄走去。

天很快就黑了下来，四野一片模糊。

身后传来人走路的脚步声，尽管有些远，少年还是听得清清楚楚。

少年停下脚步。

脚步声越来越近，少年回身一看，黑暗中他还是辨认出那个人是羔才。

羔才来到近前。

少年盯着他看。

羔才目光游移，问："这么晚了，你怎么会在这里？"

少年告诉羔才，自己刚从阿姐那里回来，他反问羔才："你去山洞了？"

羔才赶忙说："没有，娘娘不是说我们每逢朔望才能去的吗？"

少年答："我想起来了。"

"娘娘就是这样说的。"提到娘娘，羔才的声音比刚才大了一些。

少年无言地走着，也不想知道羔才到底去了哪里。往前走了一段路，少年进了竹里山庄，羔才继续往西，回了乌云山庄。

回到家里，少年告诉阿翁、阿母，阿姐这次没有跟他一起回来。阿翁说他知道了，于是再也不把这件事放在心上。

晚上歇息下来，少年又想起了羔才。少年知道他不但去了山洞那里，而且还不止一次。印象中的羔才总是鬼鬼祟祟，就像一个窃贼。

羔才的确是去了山洞，他躲在竹林里窥伺绿珠、青玉和紫玹。人群散尽庸夫人和三个道姑走进了山洞，羔才还是不忍离开，他在竹林里转了半天，天快要黑的时候才往巨石这边走来。

这个三十岁刚过、家有妻室的男人是阿母的一个远房亲戚，平素并无来往，少年正是因为去山洞找庸夫人祈福才与羔才有了交集。

那天，少年和阿翁站在人群边上，看见羔才身着青色八卦戒衣跪在庸夫人面前，乞求她收他为徒。

少年从未听说羔才有过出家的念头，又见他如此打扮，甚是奇怪。

庸夫人问："哪里来的闲汉，在此聒噪？"

羔才低着头，说："我叫羔才，家住乌云山庄，仰慕娘娘道法，情愿出家修行，万望娘娘能够收留。"

庸夫人："我这里皆为女主，怎能和你一个罗汉爷在一块儿修行？"

羔才："望娘娘垂怜。"

庸夫人又问："你都会些什么？"

羔才："河洛星象，禅机易理，都知道一些。"

庸夫人笑笑："你造诣如此深厚，实在是没必要跟我修行。"

羔才急忙分辩："我只想从娘娘这里学些法术。"

庸夫人："法术可不是轻易传人的。"

羔才："正因为如此，我才甘愿拜在娘娘门下。"

庸夫人："原来如此。"

羔才："娘娘肯收我了？"

庸夫人："你且起来。"

羔才低头跪着，就是不肯起来。

庸夫人看了一眼他身后的人，对羔才说："收不收你，这还得看你的造化。"她撇下羔才，冲着阿翁说："施主你可有什么要求？"

阿翁叫过少年，对庸夫人说："请娘娘为我家小儿赐福。"

羔才扭过头看着少年。

庸夫人让少年在自己面前坐下，说："小童，你闭上眼睛，我来为你加持。"

少年清楚"加持"这两个字的分量，庸夫人轻易是不会说这句话的，他闭上眼睛，凝神敛气，承受着。

庸夫人也闭上了眼睛。

半晌，庸夫人睁开眼睛，冲着阿翁说："施主，小童目下有厄。"

阿翁心里一惊，慌忙跪下，说："小童有厄，民夫恳请娘娘搭救……搭救。"

庸夫人说："施主放心，我当尽力相救。"

阿翁跪地叩头。

事情来得突然，少年一时没反应过来。

庸夫人对少年说："小童，你所有的厄难都会化解，保你无虞。你天资聪颖，慧根不浅，我想收你为徒，你可愿意？"

少年不知道该不该答应她。

阿翁赶紧替他回应："他愿意……愿意。"

庸夫人说："那好，从这个月起，每逢朔望，你来此修持一日，一年为期。"

少年定了定神，觉得也没有什么不好，点点头。

羔才被晾在一边，心里十分焦急，冲着庸夫人说："娘娘大慈大悲，把我也给收了吧！"

庸夫人对羔才说："施主，你我没有缘分，还是回家去吧！"

让羔才窝火生气的是庸夫人对少年青睐有加，自己跪了半天仍被晾在一边，身边的人全都在看他的笑话，好没面子。

庸夫人站起来，像是要离开。

羔才知道已经到了最后关头，心一横，说："晚辈愿意变卖全部家产，孝敬娘娘，只求娘娘能够成全。"

庸夫人面无表情，淡淡地说："变卖家产就不用了，我就受不起你那份人间烟火。不过，我倒想知道，你要跟我修行的背后可有别的企图？"

羔才对天发誓："羔才绝无其他企图。"

庸夫人说："那好，我相信你。从今日起你就是我门下第二个徒弟。还是刚才那个规矩，每月朔望来此修持一日。"

羔才感激涕零，叩头无数。

　　傍晚，山洞外的喧嚣终于远去，庸夫人和三位道姑走回山洞。庸夫人躺在床榻上面歇息，绿珠、青玉、紫玹缠在一起，议论羔才和少年。

　　绿珠说："那个少年倒是有些灵性，羔才一看就不是个好东西。夫人从不在尘世中收徒，今天这是怎么了？"

　　青玉说："大概是夫人心软，可怜那个愚蠢的家伙。"

　　紫玹说："一看那个羔才的眼神，就知道他不怀好意。"

　　庸夫人听见她们说话，就将她们三个叫到身边："你们听着，与这两人的交往都是暂时的，我根本就没有收徒的意思。"她接着说，"羔才不是个良人，他因你们美貌而来。"

　　绿珠忍不住问庸夫人："那为何不拒绝他。"

　　庸夫人："因为他还有些用处。从今天起，我们去竹林深处结网过夜。"

　　绿珠："你是说，羔才夜里会到这里来。"

　　庸夫人："说不定，还是躲着点儿好。"

　　青玉："那个少年该不会吧！"

　　庸夫人："当然不会，那个少年很有灵性，我看他半天，发现他受过上天封赏。无论什么事情，哪怕相隔千里万里，他心上一过，就完全明了。他的空灵，你们几个修炼百年也未必赶得上。"

　　紫玹不以为然，说："再空灵，他也是个凡人。"

　　庸夫人若有所思，说："日后你就知道了。"

　　"仙家凭什么赏赐一个普通的少年？"青玉问。

　　庸夫人说："这背后的原因我还说不清。"

绿珠说："尘世上的人很难有这机缘。"

庸夫人："他本是筱园里一只蜻蜓，逍遥散漫，一日离开紫微在这里落地。去年夏天我见青牛星从太虚送他归来，就知道很不寻常。"

绿珠试探地问："夫人留他的意思是……"

庸夫人微微一笑："你们应该明白。"

三个人还是没能明白庸夫人的意思。

庸夫人说："我们即使修得再好，终归是个草仙。如果有了少年这个关联，就有机会获得一个名分。"

紫玹问："那又何必扯上羔才？"

庸夫人没说话。

绿珠替庸夫人回答说："只留少年一个，你让山庄里的人怎么想？"

紫玹无语。

青玉有些担忧："那他会不会看破我们？"

庸夫人："不会！红尘场中他知事而不识物。我已先将他的两只眼睛给迷了，此局断不会被他识破。"

紫玹心里还是有些别扭，说："那个羔才着实让人恶心。"

青玉对她说："还是忍一下吧！"

紫玹哼了一声。

绿珠问庸夫人："原来夫人早就有了主意，所以离开了大峡谷。"

庸夫人说："就是我们居住的这个山洞，到处都荡漾着非同寻常的空灵，原本就有仙家在此修行，余气尚存。"

青玉说："我们在这里住了半年，一点儿都没感觉到。"

庸夫人说："这点你们就不如那少年，他会看见山洞里面的紫气。"

绿珠问："我们是不是还可以借他点儿灵气？"

庸夫人说："借他的灵气对你们来说并不容易，你们还不如一个村姑。假如村姑对他有了爱意，很容易就能将他的灵气带走，你们可要费上许多工夫。"

绿珠与青玉对看了一眼，会心地笑了。

庸夫人："早点儿歇息，明天我还要带绿珠、青玉去山外参加法会。"

紫玹望着洞外的竹林心想，今夜的梦魂又要留在那盘旋的银丝上了。

天完全黑下来的时候，庸夫人走出山洞，朝远处的竹林走去，绿珠、青玉、紫玹跟在她的身后。

月亮已经升起来了，竹林幽深清凉，只有四个女子在游荡。

紫玹的身影美不可言。

离山洞已经有两箭地了，她们停了下来。这里十分僻静，没有风，竹梢一动不动。

银丝缠裹，茂叶遮罗，四只蛛蝥在高处歇下。

第二天上午，庸夫人带着绿珠和青玉出了竹林往山口那边去了。

羔才躲在湖岸边的巨石后面，见她们已经走远，钻进竹林，往山洞那边去了。

果然，只有紫玹一个人坐在山洞外的空地上。

羔才整了整衣襟，十分得体地朝紫玹走去。

"师妹！"他叫了一声。为了这一声，羔才硬是躲进竹林里练了好半天，直到认为这声音能够让道姑们感到愉悦为止。

紫玹显得有些冷漠："你来干什么？"

羔才："我来见娘娘。"

"夫人不在。"

"那我就在这里等等。"

"夫人参加法会去了，今天不会回来。"紫玹站起，往山洞走去。

羔才盯着紫玹的背影，心想：可真是个美人。

他厚着脸皮跟在紫玹身后。

紫玹觉得应该尽快摆脱这个无赖，转过身，问："你总跟着我做什么？"

羔才："我还有件事情。"

紫玹："有什么事找夫人说去。"

羔才："不想麻烦娘娘，我只想让你帮我圆一个梦。"

紫玹："我不会圆梦，你找别人去吧！"说完，又往山洞走去。

"等等……"羔才紧紧跟上。

紫玹回头："不许再跟着我。"

羔才："我有些口渴，想讨杯茶水喝。"

紫玹转身看着羔才："你说什么？"

"我有些口渴，想讨杯茶水喝。"羔才想方设法就是不想离开。

紫玹说："我这里没有茶水。"

羔才铁了心要纠缠到底："没有茶水，我就不走了。"他找了一个空地，坐下了。

紫玹脸色有些苍白，眼珠在眼眶里转动着："前日去山上采来一些杏子，没有吃完，不知你是否喜欢？"

紫玹的任何东西，羔才都喜欢："杏子也行。"

紫玹："吃完就走？"她眼里有了笑意。

"吃完就走。"羔才骤然得到一种说不出的快意，觉着世上的女子个个多情，道姑也不例外。

紫玹让羔才坐在这里等着，自己这就进去给他取杏子。

羔才含着微笑，点头应允。

紫玹进去半天还没有出来，羔才耐不住性子，以为紫玹是故意躲了起来，站起身来往洞口凑了凑，睁大眼睛往里面去看。洞里面阴森幽凉，一片死寂，紫玹根本不知在哪里。

实在忍不住，羔才走进洞里。沿着粗粝的洞壁再往里看，幽暗处怪石嶙峋，背后似乎隐藏着无尽的秘密。

羔才一阵寒冷，赶忙退了出来。

已经快到晌午，太阳照在身上，热气迅速将羔才包裹起来，羔才还是打了个激灵。

他就是不甘心，想再次进入山洞看个究竟。这时紫玹端着一盘杏子走了出来了。

所有的疑虑和不快烟消云散，羔才从盘子里抓起一个杏子，就往嘴里面塞。

紫玹眯着眼睛看他："好吃吗？"

"好吃。"

"那你就多吃几个。"

羔才一连吃了四五个杏子，说："师妹……我想跟你说说心里话。"

紫玹朝他笑笑，说："今日有些不方便，明日再听，好吗？"

羔才也觉得应该适可而止，事情一旦做得过分于后来不利，便说："那我明日再来。"

紫玹说："明天见。"

羔才恋恋不舍地告别："明天我一定来。"

"去吧！"紫玹的声音十分悦耳。

羔才满意地转过身，朝山坡下走去。刚出竹林，羔才就感觉到了不妙，脖子像是被一条绳子死死勒住，两只瓷白的大眼珠子憋得通红，简直要从眼眶里面给蹦出来。远远望见湖中心有人在撑船捕鱼，羔才想去求救，踉踉跄跄地朝湖边跑去。刚到湖边，羔才还没来得及呼喊便一头扎在水里，只把大半个身子留在岸上，整整一个中午都是这一个姿势。湖中撒网捕鱼的人看见一个人趴在那里，以为谁又醉了酒，根本就没在意。直到有人从羔才身边经过，才扯着脚将他从水里拖了出来。那时，羔才嘴角还流着紫色的涎沫。

午后，紫玹走出竹林，站在离湖岸不远的地方看着前方忙乱的人群。她装出一无所知的样子，向捕鱼人打听水边出了什么事情。捕鱼人告诉说，羔才不知什么时候落水，已经亡故了。紫玹听了，脸上丝毫没有不安的痕迹，像个看热闹看够了的闲人，慢悠悠地转身走回山洞。

羔才暴亡的消息传回乌云山庄，惊悚的场面感引起的悲哀并没有让羔才的家人意识到这场不测背后竟然隐藏着一个天大的秘密。羔才被抬了回去，人们把他放到庄外的野地里，等做好了棺材，给羔才换上新装，妥妥帖帖地放了进去。

羔才的娘子没有来庄外看他最后一眼，反倒诉说着羔才曾经对她的种种不周。邻居家几个女人不得不陪着她，个个都很心烦。

第二天，庸夫人知道了羔才死去的消息，一个道友把紫玹做过的事情和盘托出。庸夫人外表平静，内心十分焦灼，带上绿珠、青玉匆匆赶回山洞，一见面就问紫玹昨天做了什么。

紫玹低着头，说话的声音很小："昨天，给羔才下了点儿药。"

"你是故意要他的命。"

"我没打算置他于死地，没想到……"

"你太过分了。"庸夫人皱眉望着洞口说。

紫玹等待庸夫人接下来的责备，庸夫人却不再说话。虽然是夏天，紫玹却感受到了一种非同寻常的凉意，她委屈地哭了。过了一会儿，庸夫人对紫玹说："从今天起，你每天到湖边忏悔，或许湖神能够帮你。"

紫玹这才意识到了事情的严重，她答应庸夫人这就去湖边。

庸夫人的想法是对的，湖神能够帮助紫玹，但结局还得看紫玹的造化。

艳阳高照，紫玹来到湖边，她刻意避开羔才落水之处，找了个偏僻的地方坐下，向湖神诉说昨天的事情。紫玹没有真心忏悔，仍然认为羔才这样的家伙原本就不该活在世上，自己那样做也是迫不得已。

湖神听了紫玹的倾诉，并且知道紫玹的厄难就在眼前。紫玹的心并不清净，当有此劫，此劫过后或许她才能有一个根本性的改变。

帮她是一定的，毕竟是庸夫人的请求。可紫玹悔罪的态度打了很大折扣，这对她是很不利的。

湖神带着十几个水族来到岸边，除掉了紫玹身上的晦气，这是一种拯救。

湖水潋滟，絮云叠重在头顶，远山碧翠如黛，处处透着庄严。

紫玹木然地望着湖面，湖神的教诲她一句都没听见。一个水族牵了牵紫玹的衣角，紫玹身子动了一下，毫无反应。

湖神自己离开了，剩下的水族遗憾地看着紫玹，又无奈地走进湖中。

紫玹实在是缺少灵性，她原本不是这个样子的。

没过多一会儿，紫玹就站起身回山洞去了。和来时相比，紫玹觉得自己很轻松，好像卸下了一个沉重的负担，心情一下开朗起来。绿珠、青玉也没把紫玹这件事放在心上，她们两人的态度和紫玹出奇的一致：羔才罪有应得，死有余辜。

羔才就这样不明不白地死了，他把怨恨和委屈全都丢进了湖水，岸上湖里没有谁去理会他。整个归星湖没有一个人怀疑他的死，少年更是不以为然，心里只记得那个该去山洞修持的日子。

电闪雷鸣，昨夜下了一场暴风雨。早晨起来，阳光明媚。

路边的花草湿漉漉的，带着花香的空气十分好闻。今天是朔日，少年出了竹里山庄，绕过巨石，沿着竹林里面的小路往山坡上面走去。

小路两旁的竹林越发苍翠，风轻轻地摇动竹梢，听上去像一曲音乐，一首诗。少年的眼睛只盯着小路的尽头，想着见到庸夫人那一刻自己应该说什么。平缓的半山坡上，和七八天前明显不一样，山洞前的空地一个人影都没有。

走近山洞，少年朝里面望去，不见庸夫人和三个道姑。他一下看见自己脚下横着一道紫红的血迹。少年愣了一下，想起昨夜的雷声，慌忙向山下逃去。

五　寒石公

女冠伤怀远岸，蟾公救苦汀前。

缅彼云奔浪涌，心依圣殿真玄。

幽暗的夜空下，绿珠、青玉轮替背着紫玹与庸夫人一起走出了山口，一路向东朝大峡谷走去。那里有她们各自的家，她们原本就生活在那里。

霹雳远去了，逃过这一劫，此后大概再也不会相遇。不过，那利剑般的亮光与炸响仍在她们眼前和心上盘旋激荡。

万象变幻的尘世，任何场面都可能出现。已经是人去山空，香邈影远，竹里山庄人乃至另外几个山庄的人仍期待着明天能与庸夫人共度一日。

一个荒诞而又美妙的幻想。

那时已经临近午夜，天空乌云翻滚，山洞口罩着一层淡淡的黑幕，夜虫也不再鸣叫，全在草丛深处躲藏起来。庸夫人感到了灾难就在眼前，她坐在山洞里默默地祈祷。绿珠、青玉、紫玹站在洞口，心神不安地望着天空。伴着雷声，浪花般的云朵翻滚着从天边向这里涌来。

庸夫人能做的就是招呼她们几个回到自己身边来。紫玹听见了，答应一声，但没有立刻离开洞口。其实她离不离开洞口都没有太大的意义，在劫难逃，这点庸夫人比谁都清楚。

霹雳已经在路上，金甲银甲各执兵器走在头里，夜空下那些惹了祸的精灵脸色大变，全都失去了志气与尊严。他们感受到了威胁、森严与压抑，想保命就得先找个地方把身子躲藏起来。

当然，霹雳并非只为紫玹一人而来，路上还有许多目标，需要一个一个仔细地寻找，谁也跑不掉。

青玉有些恐惧，她从未见过如此惨淡扭曲的云朵。绿珠情绪十分低落，不知不觉发出一声叹息，她也不知道自己为什么如此压抑。

似翻江倒海，云朵扭动着越来越低，像要把天地间的一切全都给压扁。起风了，竹林一起一伏，在暗夜里痛苦挣扎。

紫玹心里抱怨：天也疯了。她记忆里的云朵，都不是今天这个样子。

青玉说："恐怕不是一场好雨。"话音刚落，密密麻麻的雨点落了下来，眼前一片雨幕，对面竹林的轮廓都看不清了。

一道闪电把大地照得通亮。绿珠拉了一把身旁的青玉："别看了，赶紧躲起来。"

接着，一声炸响。

绿珠、青玉两人刚往山洞里面走了几步，发现身边少了紫玹。绿珠回头招呼："紫玹，回来。"

紫玹的反应有些迟钝，仍然站在那里。

绿珠丢下青玉，想去拉回紫玹。又是一声炸响，火球从天而降，霹雳将紫玹逐出山洞。绿珠只知道自己喊了一声紫玹，耳朵却听什么也听不见。

"天哪……"庸夫人冲出洞外，冲着苍穹呼喊。

霹雳只给了她一个背影。

绿珠、青玉爬出山洞寻找紫玹，紫玹趴在地上，已经失去了知觉。

雨停了，云朵也折腾累了，悄无声息地退去。从大峡谷混迹到归星湖，局面如此凄惨，庸夫人心头残泪点点。

惊魂未定，青玉哆哆嗦嗦地站在一边。绿珠仗着胆子扶起紫玹，她竟然还活着。

庸夫人查看完紫玹的伤势，果断地说："离开这里。"

紫玹一动不动，气息微弱。绿珠俯下身子，青玉将紫玹从地上抱起放在绿珠背上。她们都知道，此时离开是最好的选择。趁着夜色，绿珠背起紫玹走在头里，青玉在身旁伴着紫玹，庸夫人跟在她们的身后。

雨后的归星湖，静悄悄的，一片游云离开水面向山外飘去。那是湖神的使者——金纹蚌，走在搭救紫玹的路上。金纹蚌是个极负责任的水族，深得湖神的信任，能力位列所有女蚌之首，不是十分重大的事情湖神是不会把她派出去的。

金纹蚌往下看了一眼紫玹便远去了，匆忙中，庸夫人她们都没有发现。

五　寒石公

　　冷森凄凉，这是一段艰辛痛苦的旅程，庸夫人她们走得很慢。谁都不想说话，绿珠、青玉心上生出一种永不能归的感觉。

　　她们两个都知道紫玹因为什么遭受了灭顶之灾，但又不完全清楚背后还有没有别的什么原因，也没有心思去想。

　　那原因庸夫人当然清楚。

　　很多年前，紫玹还没有遇见庸夫人的时候。大峡谷雷声轰鸣暴雨如注，紫玹吊在一块凸起的岩石下面，看着奔腾的溪流。一道闪电从天上落下，雨幕中，一个年轻的小娘从竹林里跑了出来。紫玹仔细一看，是她的邻居黼绣女，一只青头百脚虫，正被霹雳追逐。黼绣女也看见了紫玹，马上改变方向朝她跑来。雷霆滚滚，霹雳就要来到跟前。紫玹不顾一切从岩石下面跑了出去，一把拉住黼绣女，把她藏在自己身后。霹雳停住了，站在空中怒视着她们两个。黼绣女躲在紫玹身后瑟瑟发抖，紫玹不知哪里来的胆量，直直地和霹雳对视着。雨停风定，霹雳选择了放弃。

　　紫玹没有意识到这个善举会给自己带来多大的麻烦，只觉得这是自己该做的一件事。但她不知道霹雳要做的事情一定是有他的道理的。

　　黼绣女暂时获救，但她后来的日子并不好过。

　　云渐渐消散，但离天亮还有一段时间。没有星光，漆黑的夜空下所有生灵都把自己隐藏起来。这一路谁也没有碰着，用不着遮遮掩掩，庸夫人倒觉得省了许多麻烦。尽管是这样，可在荒野里爬行，总是不如化身那样利落。尤其是青玉和绿珠，背着紫玹每前进一步都十分吃力。

　　约莫子时刚过，紫玹像是没了气息，绿珠把她从背上放下，青玉赶忙上来查看。

　　脚下草茎荒凉，前方如云似烟，庸夫人站在她们身边，只顾抬头望着夜空。不去看绿珠与青玉她俩正在做什么。

　　最可怜的是她俩只能流泪不能说话，惊恐与悲哀只能在心间激荡。

　　紫玹的状况看上去很不好，她不仅仅是断了腿脚，那衰竭源自外表之下的内伤。残疾不可避免，活下去都是件难说的事情。

　　强忍悲伤，绿珠拥抱着渐渐冷去的紫玹。紫玹似乎感受到了来自同伴的温情，她默默地承受着，没有能力做出回应。

　　青玉看着她俩，咬住嘴唇，强忍眼泪。她知道这时流泪没有任何用处，当下最需要的是攒点儿体力去替换绿珠。

　　紫玹清醒了一点儿，看着绿珠、青玉。她不知道这是什么地方，但她明白庸夫人和她俩正做着的事情。不离不弃，尽最大努力相救，她们眼下的处境紫玹是完全感觉得到的。

　　庸夫人的沉稳给了绿珠、青玉精神上的支持，她俩知道庸夫人承受着的压力，她是她们三个绝对的依靠，从离开大峡谷那天起。

　　天空的云正在一点点变淡，庸夫人期待着星星的出现，因为这关乎紫玹的命运。

　　紫玹的厄难是庸夫人没有预料到的，她把全部的心思都放在了少年身上，完全忽略了身边的紫玹。本来这一切都可以避免，只要前天她把紫玹带到山外，失去与羔才见面的机会，结果就不会是这个样子。

紫玹生死未卜，少年的苦厄也未化解，在山洞前，她只是给
了少年一个承诺。少年的麻烦或许就在眼前，一切都还没有来得
及去做，就匆匆逃离了归星湖，看来她给出的这份承诺也要化为
泡影。

庸夫人心里默默地祈祷，希望紫玹能够死里逃生，平安地活
下来。

头顶上的云渐渐消散，南天的星斗挣破浮云现出些许光辉，
庸夫人的目光完全被它吸引。

星光不是很亮，庸夫人的心提到了嗓子眼儿。

星星越来越多，星座也越来越完整。她看清了，第一个出现
在天穹之上的七颗星——星日马。庸夫人像是被抽去了筋，一下
子瘫在草丛里。

那星座不该这时出现。

紫玹没救了，庸夫人流下来眼泪，她为将紫玹带离大峡谷而
悔恨。

她朝紫玹爬了过去。紫玹可能支撑不到天亮，她要守护着
她，直到最后时刻的到来。

紫玹气若游丝，不知什么时候就会离开。庸夫人依偎在她身
边，一点儿办法也没有。

绿珠、青玉站起身，暗暗饮泣。

前边似有许多人影晃动，庸夫人抬起头，却又谁都没有看
见。她以为自己眼花了，便不再理会。

"夫人。"一个男人的声音。

绿珠、青玉先一步看清，那是一只锦蟾，笨拙地来到自己身

旁，两人立刻护住紫玹。

"我叫寒石公，在此恭候各位。"男人在庸夫人身前站住。

庸夫人站了起来。

"先生从哪里来，何故唤我？"

"是湖神叫我迎接四位，一起给紫玹消灾。"

听他这么说，庸夫人知道他对过去发生的事情完全明了，紫玹或许有救，便说："有劳寒石公，万分感激。"

"你我同路中人，不必客气。再说，这也是湖神的安排。"寒石公说完，弯腰去看地上的紫玹。

绿珠、青玉稍稍退后，给寒石公让开地方。

寒石公看了看紫玹，直起腰来，对庸夫人说："着实伤得不轻。"

庸夫人："有劳寒石公搭救紫玹。"

寒石公："我先用锦衣罩在她身上，使其魂魄不散，再从容救治。"

他脱下一身斑斓轻轻罩住紫玹，又用指尖在她头上画了一阵，然后对庸夫人说："从这向北不远就是石丘，下有一片水洼，曰回运池，是我的住处。"

庸夫人朝那边望了望，烟霞迷蒙间，卧着几块巨石，土势敞丽处，石径爬满藤萝，就说："寒石昂藏，芳蘅铺张，莫非兰若所在？"

寒石公答："天光时才能望见。可否让小蟾负起紫玹慢慢过去？"

庸夫人点头应允。

寒石公叫过几个小蟾来，一只健硕的小蟾背起紫玹，缓缓向北移去。

绿珠、青玉跟在他们身后。

寒石公请庸夫人先走，庸夫人这才迈步与寒石公一起向北走去。她发现寒石公走起路来很特别，有点儿蹦蹦跳跳，但每一步都很轻盈，一点儿也不笨拙。她知道身边的这个人得到湖神的加持，举止洒脱，本领非凡。

庸夫人问："不知寒石公有什么法子救治紫玹？"

寒石公说："塘边有一石臼，每晨必覆清露，扶人枵赢，十分灵验。六日后，一岁中第二次天地河水贯通，天河水汽漫下与清露和合，可救紫玹。"

"除此之外还有什么办法？"

"没有。"

"紫玹有多大希望生还？"

"霹雳给紫玹留了生机，不然我就不会在这里等候了。"

"我明白了。"

芦苇瑟瑟，野花飘香，紫玹被几个小蟾背着到达石丘的时候，天空的云全散尽了。庸夫人抬头看着满天的星斗，好像看见万灯辉煌。绿珠、青玉也长出了一口气，好像刚从悲哀之渊跋涉出来。

小蟾们轻轻抬起紫玹，把她放在水塘边的石丘前面，随后跳入水中。

庸夫人与寒石公沿着一条小径走上石丘，从这里看去脚下一池碧青，树影幽秀，竹韵荷香，宛若仙寰。

霎时，绿荫林下，水草之间，波纹凌乱，蟾鸣四起，庸夫人知道这里有万千蟾只在为紫玹祈福。

沐浴清凉之中，与寒石公站在一起，一种惠和联袂之感从庸夫人心底升起。

这里虽不如大峡谷秀丽，却也是个清幽的所在。荷叶田田，池水悠悠，万千只蟾来到这里，这里成了他们的家——清净散漫的家。

纯净的蟾鸣回荡在晴空下雨幕中。

他们伏在草丛里，蹲在石丘上。

清凌凌的水中，竹叶的阴影下，蟾在静静地修持。

七日后，紫玹渐渐好转，庸夫人、绿珠和青玉终于放下心来。这天午后，绿荫林下，庸夫人和寒石公聊起了身世。

花碧草香，畅人怀抱，寒石公向庸夫人诉说着曾经的过往。

寒石公本是一介书生，名叫梁谦，家住归星湖以西相隔两天路程的九里坡。梁谦自幼修习书画，十岁上下就有习作，十六岁婚娶，后来有了一儿一女。父母先后亡故，没有留下田产。梁谦失去依靠，指望卖画谋生，没想到陷入困顿。

二十三岁那年，梁谦将最得意的三百幅帛画背在身上外出售卖，几天之后来到归星湖。

竹里山庄是梁谦见过最繁华的地方，这里商旅云集、市井嘈杂，可他的帛画无人问津。一天，梁谦在街上摆摊，一个伙计走了过来，看上去他对梁谦的帛画有些兴趣，梁谦便挑出两幅给他看。

梁谦的帛画都是些远古逸事、市井人情，伙计赞不绝口，问梁谦可否将帛画交给德和坊的掌柜钱文荒代售。梁谦心想，这么多天一幅帛画也卖不出去，或许这是个机会，于是答应他去见钱文荒。

钱文荒的德和坊开在竹里山庄的主要干道上，两层单檐硬山式砖木楼房十分气派，楼下门店专卖古玩字画，看上去生意做得还不错。伙计将梁谦带进楼上钱文荒的画室，说明来由后退在一旁。钱文荒离开躺椅，将梁谦的帛画逐个打开铺在条案上看了半天，摇着头说，这样的东西市面上比比皆是，一点儿新意都没有，根本就卖不出去。

梁谦站在对面，傻傻地看着钱文荒。

钱文荒将帛画往旁边一推，回到躺椅上打起了瞌睡。梁谦赶紧过去，收拾帛画准备离开。这时钱文荒又说话了，问梁谦是否愿意将帛画留下，由他装裱成卷再慢慢出卖。每得百钱与梁谦二十，三年后再来结算。

尽管实在吃亏，但只要能卖出好价钱，也能赚得一些，总比放在家里要好。于是，梁谦跟钱文荒签下一份代售文书。

钱文荒叫伙计将帛画收好，说归星湖能作画的人很多，几乎每天都有人将各种画作送到他的手上。为了能够早点儿卖出，这些人还要贴上一些促销的银钱。如今市场竞争十分激烈，许多有名的画家都得找人做些包装和荐引。而梁谦一点儿名气都没有，别说卖个好价钱，能有人肯瞧上一眼就很不错了。

梁谦很后悔跟钱文荒签了这份文书，事已至此，只能认命。

三年期满，梁谦来到德和坊要求结算。伙计说掌柜这几天有事，要梁谦先回家去，过些日子再来。

梁谦说，路途遥远，出来一趟实在不易，能不能给安排一下？

伙计再三推托，最后答应让他三天之后再来。

梁谦在竹里山庄找了一家客店歇下，早晚喝粥度日。熬到第四天早晨，他又来德和坊找钱文荒。站在柜台前等了好一阵子，伙计才把钱文荒给请了出来。钱文荒像是把梁谦给忘了，直到梁谦说明来意，钱文荒这才说，那些帛画一幅都没卖出去，他还白白搭上许多装裱的卷轴。

梁谦十分失落，心想虽然没卖出去好歹也没什么损失，便向钱文荒索取那些帛画。

钱文荒说，那些帛画堆放在仓房里，虫吃鼠咬，早就成了一堆碎屑。

梁谦万万想不到钱文荒会说出这种话来，便说那些帛画耗费他十年工夫，就是碎成了齑粉也要把它们带回家去。

钱文荒摇着蒲扇说，那些碎屑早就让伙计给扔掉了。

伙计看着钱文荒，连连点头。

梁谦知道他们是在撒谎，可文书上并没有帛画遭受意外的处置约定，实在拿他们没办法，就说："卖了也罢损毁也罢，看在我十年辛苦的分儿上，多少赏点儿辛苦钱，我也好回家。"

钱文荒脸一沉，放下手中的蒲扇，一个指头指着梁谦，说他敲诈。由不得梁谦再说什么，钱文荒叫过伙计将他推出门去。

好多人围过来看着梁谦，看着这个倒霉的陌生人。梁谦满腔的愤懑与羞愧，低头离开了德和坊。钱文荒的毒辣和心计极为可怕，他把梁谦懦弱的心理完全吃透。

两手空空的梁谦卖掉了身上的长裙回到客栈，交过房钱准备回家。见梁谦狼狈的样子，客栈掌柜问他去德和坊的事情。

梁谦说，帛画烂掉，给钱文荒丢弃了。

客栈掌柜开始安慰梁谦，说他还算是幸运，钱文荒没把他扭送官府治罪。去年山外一位吴姓画家和钱文荒起了争执，钱文荒告发吴姓画家丑化官府，几句话就把他送进了大牢。

一番话说得梁谦心口发闷，好半天才缓过气来。

梁谦离家的时候家中只有维持十天的粮米，如今已经过去了六天，小娘和一双儿女正眼巴巴地盼他拿钱回去。可他不但没有拿到回钱，还卖掉了身上的长裙。

走出客栈大门，梁谦在归星湖岸边坐了一天一夜，也想了一天一夜。假如世上从此没有了梁谦，小娘就可以带着一双儿女改嫁，过上衣食无忧的日子。

梁谦转身回到客栈，向掌柜讨来笔纸，柜台上写了封书信，封好后求掌柜带给家里。信中，梁谦诉说了自个儿的境遇，告诉小娘别再等他。

那个夜晚，梁谦投进了归星湖，从此告别尘世，以魂魄之态在水边流浪，湖神知道了梁谦的遭遇，留他在水府做事。直到这时梁谦才后悔轻生，铸成了大错，然而再回人世已不可能。湖神问梁谦可想化生？梁谦回答愿意。湖神问他水陆之中想化生什么？梁谦说只要衣食无忧化生什么都可以。

湖神怜悯，送梁谦去化生一只锦蟾，做归星湖外蟾宗之主，赐梁谦锦衣府第，号寒石公，此后逍遥度日。

庸夫人说："可你毕竟失去了人身。"

寒石公笑笑："不做人，不知人之苦；不做蟾，难识蟾之乐。"

庸夫人听了，沉默不语。

寒石公又说："羔才就是三世之前的钱文荒。"

庸夫人问："另有两世如何？"

寒石公摇摇头："一世平平，一世不端，紫玹所为亦有因由。"

又一个月过去，紫玹养好了创伤。虽然肢体落下残疾，但出现在尘世上，还是个风情万种的女子。

随之而来的就是她们的归宿，在紫玹刚刚有些好转的时候庸夫人就与绿珠、青玉商量过这件事情。绿珠、青玉都想回大峡谷，不愿意再回到归星湖的山洞，她俩早就被霹雳吓破了胆。

自从庸夫人她们离开，山洞那里就很少有人光顾，这情形持续了很久。去过山洞的人回来后都说，那里很冷清，冷清得有些可怕。也有人似幻似真地看见山洞里飘出许多淡烟，似乎还有人在里面居住。

这些描述，给人留下了很多的联想。

山洞不会一直寂寞，庸夫人一伙儿走了，还有很多后来者。

寒石公一如既往地关照，庸夫人心存感激，两人在一起的交流也就更加坦率直接。寒石公问庸夫人，为什么要离开大峡谷到归星湖这里来？

庸夫人说，她和绿珠、青玉、紫玹同住在大峡谷一个叫水竹居的地方，那里是块福地，上古时候百合仙子受命昭临，久负盛誉。降至近岁，仍旧世风斯文，道气卓著，山荒旧党塞途，去野新辈盈屋，唯虑缘浅真师难遇，顾己多福追求冠世，遂来归星湖。自以为他山攻错，奈何无始而不终，又险些害了紫玹。

寒石公说："尘世修持之人，信心苦志，亦未必有成；我辈长生注世，远离尘嚣，只要功行满足，早晚必有所归，何必计较路途？"

听他这么说，庸夫人长出了一口气。

寒石公说："归星湖天窗通明无幽不彰，然馨香难久，终必歇之。上古时候这里叫作金水池，如今成了五行沐浴的地方，等闲辈出，违世横行。"

庸夫人感慨说："怕是再难回折了。"

寒石公亦感慨："屯否底滞，终有时日。沧浪荒原，皆旧人之故场。"

庸夫人说："最让我放不下的还是那个少年。"

寒石公说："夫人宅心仁厚，也是牵挂得太多。我虽不知那个少年的来历，但总觉得他未来有人相助。"

庸夫人叹道："但愿如此。"

秋日的傍晚，庸夫人一行人走进了大峡谷。午夜时分，她们回到了水竹居。绿珠、青玉、紫玹去了各自居住的地方。庸夫人在山口旁的空地上坐下，一个人遥望天空上的那弯冷月。

白石嶙嶙，清泉淙淙，万年之前一位天河少年就坐在这里，他的身边围坐着十二个百合仙子。为了给人间留下百合花的种子，天河少年日夜守护着她们。直到有一天，百合仙子翩翩而去。

万树琪花，四围岚翠，弯月如灯，点上河汉，庸夫人想：我原本也是一个地真，正在这里闲看余影烟霞。

她又想起回运池，寒石公那身斑斓而苍黑的锦衣，以及他那极深极静的活法，尤其是他和常人不一样的走路姿势。想着想着，庸夫人笑了。

绿珠、青玉还有紫玹，她们傍水而居，彼此相距并不算远。世道变迁，大峡谷没有什么改变。超出物表，无欲无求，这样的日子世人可望而不可即。

夜风从谷底吹来，竹影斑驳地摇动着，舒畅极了。大峡谷的确是一个值得爱恋的地方。

六　勾庄主

厄困高门乐善，承恩泣泪轻沾。

悒惝山荒水野，愉怡露宿风餐。

少年还没跑出竹林，突然停住脚步，他转回身，朝山坡上望去。他分明看到幽静的山洞口，灵台上摆放着一朵白色的莲花，灵台下面升起了耀眼的火焰，泣声和着风声穿过竹林飘到自己耳边。少年好像明白了什么，却又像什么都不明白。

不能这样离开，必须马上返回山洞，处理掉自己在山洞口看到的血迹。少年没有时间仔细去想这究竟是为了什么，留给他的时间已经不多。和往常一样，过不了多一会儿附近山庄的人就会到来，这场面一旦被他们发现，将是一场灾难。这事情关乎庸夫人的形象，刻不容缓。

少年朝坡上跑去，刚才从巨石旁边经过时他回头看了一眼，影影绰绰已经有人朝这边走来，少年心里祈祷那些人走得慢一点儿，再慢一点儿，让他把该做的事情从容地做完。但是这只是少年的一厢情愿，还有更严峻的事情跟在后面，五个山庄的庄主拜谒庸夫人的仪式就在今天上午举行，然而少年对此却一无所知。

来到山洞前，少年回头瞟了一眼。还好，没有人跟上来。和刚才离开时一样，地上的血迹清晰可见。少年好像忘了害怕，心急火燎地寻找能够将其掩埋的东西。然而这绝不是一件容易的事情，从山洞口一直到竹林，没有可以利用的土石，哪怕是一点点。

少年陷入空前的绝望。

竹林静悄悄，连一声鸟叫都没有，寂静中透露着紧张和悲怆。

急切中，少年有了主意。他顺着岩壁朝山洞里面看去，和那天一样，竹床、竹椅、石桌、石凳仍在原地摆放着。他不敢耽搁，一步跳了进去。少年先将石桌上的火刀揣在怀里，随后将竹床、竹椅等一切能够燃烧的东西统统搬到洞外，又拾了一些干柴堆放在那道血迹上面。

他看了一眼来时的小路，从怀里掏出火刀在石壁上猛磕几下，引燃了火种，小心地将干柴点燃。不一会儿，山洞口就燃起了大火。

少年看着这些昔日与庸夫人相伴的什物一点点地被大火吞噬，紧张渐渐退去，心想从现在开始自己在这里拜师的事情彻底结束，那天的经历也都随着浓烟在天空中飘散，从此与庸夫人和她的三个道姑没有一丝一毫的联系，归星湖山里山外的人再也不会到这里来，更重要的是大火烧掉了洞口那条紫红的血迹，尘世也就少了一个惊悚而又荒诞的故事。直到这时，少年才相信自己正做着一件非同寻常而又十分了不起的事情。

隐藏这天大的秘密不仅是为了庸夫人，也是为了归星湖所有来过这里的人，更是为了少年自己。

巨石旁通往山坡的那条小路拥挤不堪，以竹里山庄勾庄主为首的五个庄主、随从以及抬着花灯彩卉的脚夫还有前来凑热闹的人拥着挤着正在上山。

远远就可以望见山洞上空的滚滚浓烟，脚步快的人已经穿过竹林瞧见站在火堆旁边的少年。

少年一边用竹竿拨弄火堆一边留意山下的动静，倏忽一瞥，他看见几个人走出竹林，即将来到身边。少年装作谁也没有看见，转身向竹林奔去。

走在头里的人发现了这里的变故，冲过来将少年拦住。

少年定了定神，看着他，努力做出若无其事的样子来。

后面的人全都跟了上来，望望火堆，看看山洞，最后目光全都投向少年，七嘴八舌地发问：

"是你把娘娘的东西烧掉了？"

"你想干什么？"

"娘娘在哪里？"

…………

少年无法回答，他守着一条底线：宁可不说话，也绝不说假话。但局面对他十分不利，人们将他围在中间，不停地追问。

少年知道不能跟他们耗下去，必须赶紧脱身。

打定主意，少年分开人群，朝山下跑去。

十几双眼睛一下瞪得溜圆，不知是谁喊了一嗓子："快去告诉庄主……"

五位庄主在人们的簇拥下来到山洞前边，庸夫人和三个道姑不见了。

火已经熄灭，余烬还未来得及被风吹走，洞口的石壁也被烟火熏成了灰黑色。这里仿佛刚刚经历一场劫难。

得知山洞里所有的东西都被少年付之一炬，几个庄主十分懊恼，看着抬上山来的花灯彩卉不知如何是好。

勾庄主似乎也不知道该如何应对眼前这一突发状况。

没有人知道接下来会发生什么事情。只见几个庄主凑在一起小声说着什么，随后瀍瀣山庄的庄主走到勾庄主面前，说："兄台请了咱们兴师动众上山拜谒庸夫人，没想到道场却被你们山庄的小人破坏，在下想请教一下勾庄主，这件事情该如何处置？大家需要一个交代。"

勾庄主表情凝重，说："我庄上的人在此作孽，恕我管束不严。且容我问个究竟，再作处置。"

"既然如此，我们几位即刻回转，恭候兄台消息。"他说完，与其他几个庄主转身下山。

勾庄主的管家手一挥，几个随从立刻冲下山去，在巨石旁边将少年抓住，推推拉拉一起朝竹里山庄走去。

少年被关进庄主家一间空着的库房。

阿翁很快就知道了少年被抓这一消息，他不知道少年今天上山修行惹了什么祸。一路打听，结果令他大吃一惊：少年火烧山洞，赶走仙师，败坏庄主的道场……

六 勾庄主

他想直接去找庄主，跟他说一定是发生了误会，少年绝不会做出这种大逆不道的事情。

可庄主是谁想见就可以见的吗？

他觉得这里面一定有什么隐情，少年自己绝对不会做出这种事情来，可人人都这么说，阿翁心中的疑云越来越重。

当然他更担心的是少年的命运，如果这一切都是真的，无论哪一桩都是不可饶恕的重罪。想到这儿，他出了一身冷汗。

第二天早上，阿姐也听到少年被庄主抓走的消息，开始她并不相信。打听几个人后才确信这是真的，带上一双儿女匆匆忙忙地跑回山庄来见阿翁、阿母。

阿姐给阿翁出了一个主意，叫他去找苏善人。

阿翁焦头烂额，糊里糊涂地就往外走。阿姐将他叫住，从带来的包袱里拿出十串铜钱，要他交给苏善人。

已经是下午，庄子里的人都已经下田干活儿，苏善人在没在家里还不一定。阿翁心急如焚，顾不了那么多。

苏善人五十几岁，家中人口不少，可田产并不是很多，一年到头没有多少活计要做，此时正坐在家里念佛。

见到苏善人，阿翁扑通跪下，涕泪交流："善人救救我家小儿。"

苏善人慌忙将阿翁拉起，说："你家小儿的事情我早就知道了，你的事情我怎能不管，只是一时半晌还拿不出一个好的主意来。"

阿翁从怀里掏出十串铜钱捧在手上："请善人笑纳，待我小儿平安归来，还有重谢。"

苏善人连连摇手："这怎么使得？若是钱能办事，那你干脆就直接找庄主买人去吧！"

"出了这么大的事情，咱总不能空手去找人家，这点儿小钱都怕人家看不上。"阿翁将十串铜钱放在条案上。

苏善人不再推辞，想了想，说："既然这样，我就是丢尽了自己这张脸，也得想办法将你家小儿给弄出来，你先回去等我消息。"

阿翁的心这才放下一半，千恩万谢地去了。

苏善人一点儿也没耽搁，匆匆忙忙来见勾庄主。

勾庄主问："善人是为了那件事情来的吧？"

苏善人答："正是。"

"善人是什么意思？"

"那个少年既然有罪理应受罚，怎样处置都不为过。不过，庄主的仁慈世人皆知，整个归星湖的人都知道庄主一定会宽恕他。"

"善人就直说，该怎样宽恕他？"

"叫他阿翁用钱来赎买，如何？"苏善人阴险地一笑。

勾庄主听了，哈哈大笑。

苏善人瞪眼看着勾庄主："那您的意思是……"

勾庄主："你回去吧！送客。"

苏善人讨了个没趣，走开了。

管家走了进来。

勾庄主愁眉不展。

管家问："苏善人怎么说？"

勾庄主语带不屑："他又想做赚钱的勾当。"

管家说："已经两天了，总是这么关着那少年也不是个办法。"

勾庄主说："整个竹里山庄……不对！是整个归星湖的人都在看着我，那几个庄主给我出了这么一个难题，你说我该咋办？"

管家说："要不，把少年交给寺院，让他们去处置？我们待大和尚不薄，每年十几担谷米，他咋也得给咱办点儿事情。"

勾庄主说："话不能这么说。咱们礼佛，送他几担谷米也是应该的。不过，也确实需要他们帮帮忙。你马上去寺院，跟大和尚商量一下。"

管家说："这时候去求人家，咱最好不要空手。"

勾庄主说："就带上十串铜钱，你再多说上几句好话。"

管家到来的时候，大和尚正在歇息，听说勾庄主派人来赶忙更衣会客。

僧人接了铜钱，端上茶来，管家没心思去喝，赶紧说明来意，大和尚闭眼思索着。

过了一会儿，大和尚问："施主还有别的事情吗？如没有，老僧还要去礼佛。"

管家急了："法师还没有回答我。"

"施主，出家人不问红尘之事情。"

管家不死心地追问："真的不问？"

大和尚不为所动："真的不问。"

"这样我怎么回复庄主？"

大和尚脸上带着捉摸不透的微笑。

"法师再想想。"管家说。

大和尚做了一个送客的手势。

管家起身就走。

在勾庄主焦虑不堪的时候，管家回来了。

勾庄主："大和尚怎么说？"

管家说："大和尚说，出家人不问红尘中事。"

勾庄主："钱呢？"

管家："钱给留下了。"

勾庄主有些生气，冲着管家说："从今秋起，断了寺庙的供养，叫他们一个个去喝西北风。"

还没等管家再说什么，外面有人来报，侯法师求见。管家赶紧跟勾庄主打声招呼退了出去。

勾庄主说："叫法师进来。"

侯法师进得门来，朝身后看了一眼，没有别人。

勾庄主问："法师何来？"

侯法师嘿嘿一笑："我是给庄主分忧来了。"他一下子道出了勾庄主的苦衷。

勾庄主打起精神，问："法师有什么主意？"

侯法师说："听我慢慢跟您说来。"

勾庄主素来就不待见侯法师，眼下遇到了麻烦这才肯坐下来听他聒噪。

侯法师压低声音，故作神秘道："庄主不知，那庸夫人乃一伙妖狐，来到归星湖半年有余，我常在夜里上山查看，发现她们实在害人不浅。"

勾庄主不信："你说她们是妖狐，专门害人？"

侯法师语气笃定："正是。"

"你接着说。"

"就说眼下这件事，那天夜里天降霹雳，四个妖狐身受重伤，连夜逃窜……"

"有这等事？"

"千真万确，听我慢慢跟你说，那个少年……"

"少年是怎么回事？"

"那个少年是妖狐新收的徒子，妖狐跑了怕露出破绽，于是他就一把火烧了山洞里所有的东西。"

"羔才又是怎么回事？"

"庄主要是不提，我都不好意思讲。那个羔才，在山洞与妖狐住了一夜，被吸干精血后暴亡在归星湖边。"

"这些都是你亲眼所见？"

"亲眼所见，绝无半点儿虚言。"

勾庄主耐着性子说："你来就是要跟我说这些……"

侯法师语气里带了斥责："当然不是这些，我的意思是您身为一庄之主，无论如何也不该去拜谒一个妖孽。"

勾庄主听了，气不打一处来，一指门口："给我出去。"

侯法师也很生气："我好心好意来给你排忧解难，庄主你怎么是非不辨，逐我出去？"

勾庄主摆摆手，让他赶紧走。

侯法师知道自己这趟是白来了，再说下去就是自讨没趣，灰头土脸地走了。

庄子里又有了传言：少年天性顽劣，品行不端，多次搅闹学堂不敬先师，被先生驱逐；去年在石羊镇投宿时还偷了客栈掌柜一把银壶；冬天不知从哪里引来邪魅，惑乱一方。庄主为民除害，少年这回恐怕是凶多吉少。

阿翁慌了，大晌午顶着烈日又去找苏善人。

苏善人说这次庄主着实动了大怒，非置少年于死地不可，想要保住性命难上加难，要是阿翁肯多破费点儿钱财，少年或许还有一线生机。

阿翁吓得两腿发软，说他这就回家张罗，先将青苗卖掉凑些银钱，只要少年能够活着出来还有孝敬。

从苏善人家里出来，阿翁就明显感觉到了异样：人们似乎都有意无意地躲着自己，即使自己主动与人打招呼，也少有人回应，眼看就要跟自己打照面的柴万金也急急忙忙拐向了另一条街口。

阿翁有些气恼，不知这些人都是怎么了。他被焦躁、悲哀和屈辱裹挟着，回到家里一头栽倒在床榻上。阿姐的嘴唇干焦焦的，脸白得像石像，站在阿翁身旁，目光呆滞，不知该说什么，做什么。

勾庄主也快要崩溃了。

管家把听来的将以最严厉的手段处置少年的消息告诉给他，勾庄主从条案后面跳了起来，大声说："你！马上出去，把那小孩子放了。"

"放了？"管家不相信这是真的，完全出乎意料。

可是勾庄主说得明明白白："你！立刻把那个小孩子放回家去。"

管家说："这不行吧？！您可得仔细想想，这关乎着您的声誉。"

"什么声誉不声誉，我根本就不在乎那帮蠢货。"勾庄主骂了起来。

见勾庄主真的动了气，管家赶紧回身把屋门关好。

"我倒是有一个两全其美的主意……"他贴着勾庄主的耳朵叽咕了几句。

勾庄主一脸的无奈："依着你……"

这是一个晴天，少年通过天窗望着头顶不大的一块天空。无论晴天还是阴天，庄主这间堆放谷物的库房都没有一丝阳光可以照进来。没有人审问他，也没有人虐待他，每天除了吃饭就是睡觉。看守他的庄丁整天守在门外，每叫必应。

已经是第九天，少年有些焦躁。外界发生的任何事情他都不知道，当然他的现状阿翁乃至所有竹里山庄的人也都不清楚。少年想知道勾庄主究竟要把自己关到什么时候，看守他的庄丁却是一言不发，这让他十分郁闷。

勾庄主和阿翁都在做什么？

遥遥无期的等待。

天渐渐暗了下来，庄丁端来了晚饭。和往天不同，少年闻到了腊肉的香味。面对香喷喷的饭菜，少年没有一丝一毫的欢喜，他听人说一个即将被处死的人都会得到一份好吃的东西。

少年心里一阵难过，自己死了，阿翁阿母怎么办？阿姐怎么办？

他小声地哭了。

庄丁听见少年的哭声，赶紧过来安慰："今天庄主家太夫人做寿，也赏你一口好吃的东西，千万别往坏处想。"

少年破涕为笑，和着眼泪吃下了晚饭。

庄丁收拾好碗碟，在外面锁好库房，走开了。

寂寞的夜晚，没有一点儿灯火，少年躺在地铺上听着角落里单调的草虫鸣叫。露冷夜寒，他把被子往身上拉了拉，翻身就要睡去。

蒙眬中他听见一个熟悉的声音："信哥儿，醒醒。"

少年一个激灵坐起身，向门口望去。夜色沉沉，什么也看不见。不是梦幻，的的确确是有人在叫他。少年忆起了麻直国，他相信一定是青牛星在叫他。

他正了正身子，闭上眼睛，期待青牛星的再次呼唤。

"信哥儿，我来这里多时了。"

"星官救我。"

"我正是为你而来。"

少年不再说话，心里期待着青牛星的安排。

"信哥儿，半个时辰后你就可解脱灾厄，不过你当立刻离开归星湖。从这里往东，穿过大峡谷，再有两天的路程就是罂口，那里有一条大河，大河边上有一处道观，你当在那里留上一年。"

"为什么要去道观？"

"那里有件事情要你去做。"

"什么事情？"

"等到了罾口就会有人告诉你。信哥儿不必牵挂你的父母，还有你阿姐一家，他们都安然无虞。路上人若问你，就说去道观里修行，记住了吗？"

"记住了。"

"一会儿就有人来放你出去，我就此离开。"

少年睁开眼睛，心湖像是投进了一颗石子，泛起道道涟漪。他不再迷茫，满心欢喜地期待着走出牢笼的那一刻。

"哗啦……"那是开锁的声音，随后门打开了，一个人来到少年的身边。

少年心跳得不行，但不是害怕，那是即将获得自由的激动与喜悦。

黑暗中来人压低声音说："我是管家，现在放你出去。"

少年问："你当真要放我出去？"

管家说："当真！庄主要我放你出去。但今夜你必须离开归星湖，免得给庄主惹出麻烦。"

少年答："我记下了。"

管家说："这里有四串铜钱，庄主让我交给你。庄主特别交代，一年之后风波平息你再回归星湖来。"

少年流出了眼泪："谢庄主的大恩大德。"

管家说："时辰不早，你从后门出去，回家后见你阿翁、阿母之后连夜离开。"

少年问："我走了，会不会给庄主带来麻烦？"

管家答道："庄主自有安排。"

少年收起铜钱，道："庄主的恩德我记住了，一年后再见。"

管家在前带路，少年跟着他，摸黑往前走去。

已经是午夜，留给少年的时间不多了，他要尽快回到家里，向阿翁、阿母告别。月光底下，少年的脚步很轻，但传得很远。还好，路上他谁也没有碰着。

少年平安归来，阿翁、阿母喜出望外。灯光下，阿母仔细打量着少年，十天没有见着，不知少年受了多少苦。听说少年马上就要离开，阿母的心一下子悲伤起来。路途虽然不比跟柴万金贩驴遥远，可罾口毕竟是一个完全陌生的地方，翻山越岭，少年又是孤身一人。

阿翁没有多说话，认真思索着。

阿母开始流泪。

然而，告别阿翁阿母，实在是不得已。

阿翁告诉阿母，庄主为信哥儿费了这么大的周折，就不能再让庄主为难。他打定主意，亲自送少年去罾口。

少年并不认为他这一去会有什么危险，他让阿翁放心，有了去石羊镇那半个月的经历，他完全可以应对外面的一切，况且这也是青牛星的安排。

阿母将换洗的衣服和薄薄的麻被装进一个包袱，交给少年。阿翁又叫少年将勾庄主给的四串铜钱带在身上。少年说路上用不了那么多，捡了一串装进包袱。

天将拂晓时，阿翁和少年出庄后，少年没敢走大路，蹚着荒草往山口走去，阿翁站在一棵树下看着少年的身影一点点地消失在夜幕之中。

迈着沉重的步子，阿翁回到家里。阿母守着油灯，两眼无神,一副疲惫的样子。

阿翁宽慰她,信哥儿已经十四岁了,出去闯荡一下也好。再说,也就一年的时光。

阿母叹了口气。

晨曦张开它美丽的翅膀的时候,少年出了山口,一个人走在通往大峡谷的土路上。

山光草色,相映皆碧,黄土小道在茫茫的晨雾中若浮若悬,少年回想这十天的经历,沉默、深刻、容忍、含蓄,可谓千态万状神奇莫名,更有一种悲歌激昂的情感萦纡其中。

归星湖越来越远,少年回过头再去看时,早已泪眼模糊。

也就在这个时候,竹里山庄传出一个消息:昨天夜里勾庄主家铁锁脱落,少年不知哪里去了。

一个刚从山外回来的人说,他看见了庸夫人、绿珠、青玉和紫玹,少年跟在他们身后,一起往砀山去了。这消息,很唬人。一个子虚乌有的故事就这样传播开去,而且越传越生动逼真。于是就有人大胆猜测:少年是被庸夫人给救走的。

勾庄主躺在家里,心中踏实了许多。

苏善人可不踏实,他有一块儿心病。阿翁给了他十串铜钱用来解救少年,他总得有个交代。因为两家住得比较远,苏善人轻易不会碰见阿翁,亲自上门解释又不大妥当。想来想去,苏善人觉得还是应当保持沉默,毕竟阿翁还不至于主动来找自己要钱。

一天,苏善人十分无聊,便来到街上转悠。快到晌午的时候,苏善人在一家酒馆门口站住了,他正犹豫要不要进去喝上几杯。

远远地，阿翁从庄子的一头朝他这边走来。苏善人立刻有了不安，但他马上就镇定了下来，正好趁此机会和阿翁说上几句话。

他迎着阿翁走去。

两人一见面，苏善人的神情变得很神秘："总算看见你了，我有话对你说。"

阿翁显得很平静："什么事？"

苏善人压低了声音："信哥儿的事。"

阿翁知道他的心思，不动声色。

苏善人看了看四周："信哥儿是庄主给放走的。"

"这我可不知道。"

"是我给庄主出的主意，开始庄主还有些犹豫。我把那十串铜钱往他面前一放，庄主这才答应了。"

"可我现在还不知道信哥儿的下落。"

"怎么，信哥儿回去没跟你说？"

阿翁显得很消沉："我还没有见到信哥儿。"

苏善人的脸上现着自信："我保证，过不了多久，信哥儿就会回来。"

阿翁不想继续听他说话，借故走开了。

苏善人看着阿翁的背影，长出了一口气。他好像闻到了一股酒香，迈着方步进了酒馆大门。

七　野芒圃

天真乐见行与，笃意荒危不堪。

弃舍同宗远裔，别途再现青鬃。

一个白天过去了，黑夜马上就要到来，少年一个人走在山外的土路上。

西天边那颗亮星早就升起来了，看上去它比哪天都要明亮。很多时候，少年吃过晚饭就一个人站在院子里带着几分惆怅和憧憬朝西天边上看，直到那颗星星从树梢顶上沉下。今夜少年心情很坏，只看了一眼就转过身去。

通往大峡谷的这条土路上村庄不是很多，中午没有讨到吃的，直到这时少年才觉得自己饿了，他只能寄希望前面能够碰上村庄，除了讨点儿吃的还可以住上一晚。

又往前走了一程，还是没有人家。

天河浩瀚，繁星点点，少年抬头望去，满眼的深邃与安静。

他又累又饿，想在这里歇上一歇。不远处的路旁生长着几棵高大的楝树，空气中飘浮着一丝淡淡的苦味，那是楝树发出来的。少年往前走了几步来到树下，寻了一处平坦的地方背靠楝树坐了下来，眯眼看着南天上的星星。

一阵细微的声响从前方不远处传来，窸窸窣窣，不像是人在走路。声音很轻，少年还是听得清清楚楚。他朝声响传来的方向望去，什么也没有。少年有些紧张，赶忙站起身来。

官道两侧全是没膝的荒草，没有风，草梢都不会摇动一下。少年凝望荒草片刻，判断声响并不是出自那里。

很快少年就察觉到了异样，他感觉麻烦就来自前面不远的地方。他屏住呼吸，瞪大眼睛盯着两棵古树虚虚实实的影子，那里像是隐藏着什么秘密。

天地间一派寂静，寂静中分明带着一丝诡谲。凝神注视了一会儿，少年渐渐放松下来，或许是自己出了幻觉，这里根本就没有什么异常。

他壮了壮胆子，慢慢往前走去。就在这时，前面有人在问话。

"谁？有人吗？"

"喂！我在问你话。"

两个人影朝这边走来，少年赶紧答应。

"是我。"他站住了。

很快，一高一矮两个汉子来到少年跟前，四只眼睛盯着少年。

"是个小哥。"

"小哥这么晚了怎么还要外出？"

虽然陌生，说话语气倒也和善，少年放心了。

"我急着赶路。"

"黑灯瞎火的，还是找地方歇了吧！前边几十里没有人烟，常有野兽出没，万一碰上可就麻烦了。"

幽暗的夜晚，看不清两个汉子的面孔，但少年还是感受到了他们的热情。

"可我没有找到能够歇脚的地方。"

"跟我俩去吧！我家庄子就在这正北方向，没有多远。"

少年觉得在他们庄上住一夜也没什么不妥，一个人走夜路并不十分安全。这不，刚才就给吓了一跳。

"那就叨扰了，府上尊姓？"少年问。

矮个子说："先祖守土有功，轩辕黄帝赐谷姓。"

原来这两个汉子姓谷，少年放下心来。

高个儿汉子说："今天我家太祖寿诞，晚上说不定还有一顿酒宴，我们走快些，别误了时辰。"

月光底下，一切都是朦朦胧胧的。谁都不了解谁，只通过几句话两个汉子就邀请少年去他们府上做客，少年原以为两个汉子会问自己从哪里来又要到哪里去，看来他们对这些并不上心。

两个汉子下了土路，一前一后蹚着荒草往正北走去，少年紧跟在他俩身后。

不到半个时辰，几个人就在一处平缓的土坡前停下，高个儿汉子指着土坡上的一处宅院对少年说："就是这儿。"

这是很气派的一处大宅，高墙后面碧瓦层叠，似有很多房舍，看那门首一对红色纱灯就知道绝非等闲人家。即使归星湖，庄主也没有如此豪华的宅院。

来到门首，矮个儿汉子登上台阶，拍打门上的铜环叫门。

高个儿汉子站在少年身后，向来时的方向张望。少年对门楣上三个烫金大字"野芒圃"很是不解，明明是一处府第，怎么起了这么一个名字，感觉与果木瓜菜有什么联系。他又看大门两旁的对联，"山荒水野宗一脉""第远宅深子万家"。少年愈发糊涂，坡上除了这座府第，附近再无别的人家。

门开了一道缝，里面伸出一颗脑袋来："你俩咋才回来？"他一眼看见台阶下的少年，问，"那是谁？"

高个儿汉子回答："走夜路的，叫什么还没问。"

"我叫信哥儿，从归星湖来。"

门里的汉子仔细打量少年几眼："进来吧！"他推开一扇门，矮个儿汉子率先钻了进去，高个儿汉子给少年做了一个请的手势，两人登上台阶，走进门去。开门的汉子赶紧上好门闩。

幽房错峙，曲径联通，少年跟着两个汉子七拐八拐，不知绕了多少圈子才在一处有灯火的殿前站住。少年回头看看身后，竹木掩映不知所处，今夜仿佛掉进了迷宫。

和刚才一样，矮个儿汉子说自个儿先进去通报，叫高个儿汉子和少年先在外面候着。他进去好一会儿，里面传出话来，叫少年和高个儿汉子进去。

在高个儿汉子的引领下，少年进入殿内。殿内烛火通明，少年向对面看去，墙壁的正中间挂着一张头戴金冠、身穿衮服男人的画像，画像下方摆着一张条案，条案后面端端正正坐着一个老男人，整张脸差不多被头发和胡须全部遮住，看不出他究竟有多大岁数，男男女女三十几个人站在他的两侧。

高个儿汉子对少年说："给太祖请安。"

少年恭恭敬敬："太祖万安。"

"赐座。"老男人向旁边指了指，高个儿汉子将一个小矮凳递给少年。

少年谢过，在老男人斜对面坐下。

"信哥儿要到哪里去？"老男人问。

看来矮个子已经把自己的名字和来自哪里全都告诉给了这个老男人。

"去嚣口。"

"去嚣口做什么？"

"那里有一条大河，大河旁边有座道观。"

老男人仔细打量着少年，接着问："去道观做什么？"

见他没完没了，少年心里有了排斥，低头默不作声。

老男人也不再追问，他换了一个话题。

"我玄孙的小女花间泽一十五岁，和你有缘。今夜与你结为夫妻，意下如何？"

少年连连摇手："不行不行！使不得，我是要去道观里修行的。"

老男人撩了撩额上的头发，瞪眼看着少年。

"你与我玄孙之女阴阳和合，动静双修，三年期满道果圆成，不比那青灯枯坐、尪羸劳形要好上千倍万倍？"

少年一下子看清了老男人的长相：颊削脸瘦，唇圆嘴尖，不见一点儿眼白。这长相已经够寒碜的了，他居然活到了有玄孙之女的岁数。再看老男人两旁，他的那些子孙，个个贼头贼脑，小眼睛滴溜溜乱转，像是在寻找什么东西。

老鼠精！少年一下子想起他门上的对联，知道自己已经落入鼠家之手。

他有些害怕，后悔自己不该来到这里。

"冢里眉，你去安排一下。"太祖发话了。

一个妖里妖气的女人来到少年身边，道："信哥儿，答应了吧！既然太祖已经发话，这就由不得你了。"她指着人堆里一个鬓插鲜花的女子，"这就是你的小娘——花间泽。"

花间泽一点儿也不害羞，自己走了过来："夫君请了。"

少年心里一急："我不认识你们，让我回去吧！"

花间泽一把拉住少年："跟我去吧！"

"撒开！"少年从她手里挣脱，就往外走，高个儿汉子立刻上前拦住他的去路。

"别走哇！这可是千载难逢的好事。"

少年往旁边一闪，想从高个子身旁逃走。高个子一把将他拉住。

冢里眉从怀里掏出一块红绸罩在少年头上："赶紧送他们两个去洞房。"

少年急了，一把将头上的红绸扯下。那些男男女女一拥而上，拉的拉，推的推，揪住少年就往外拖。他们不知拐了多少道弯，在一处有烛火的屋子前面停住。

冢里眉拉开屋门，花间泽率先钻了进去。一伙人推推搡搡，硬是将少年给弄进屋子。

关好屋门，那些人并没有离开，仍聚在门口窗下去听屋里面的动静，挤眉弄眼，不怀好意地笑。

花间泽拨弄几下烛火，屋子里亮堂许多。她来到少年跟前："无花无酒，委屈你了。不过，狗肉还是有的。"

少年并不理睬。

花间泽走到门口："给我和夫君弄点儿吃的来。"

门外，冢里眉应了一声。不一会儿，她端着一盘狗肉和一盘菜团子叫门。

门打开一道缝，花间泽伸出一只手将狗肉和菜团子接了进去。

少年知道拧不过这伙儿人，不如先把他们稳住，慢慢再想办法逃脱。他看着盘子里的菜团子，不知该不该吃。

花间泽端起狗肉递给少年。

腥气扑鼻，少年一把推开："我不吃这个……"

花间泽拿了一个菜团子递给少年。少年拿在手里，闻了闻，又放下了。花间泽见他犹豫，说："傍晚刚从后面庄子里弄回来的，还不太凉。"

少年听说是从庄子里弄回来的，便挑了一个小心地咬了一口。是白菜团子，没有什么异味，与平日里吃的没什么不同。花间泽手抓狗肉，吃了几口，便放在一边，饶有兴致地看着少年。

"你吃东西的样子真好看。"花间泽眼里有盈盈的爱意。

被女鼠夸奖，少年一点儿也不受用，他将咬了一口的菜团子放了回去。

"怎么不吃了？"花间泽问。

少年冷着脸："不好吃。"

花间泽知道他有了反感，便不再说话，自己端起盘子，一边斜睨少年，一边吃狗肉。

少年心想，狗肉和菜团子断不是买来的，偷东西是鼠家的天性。

吃偷来的东西，少年还是第一次。

见屋内安静下来，门口那些男女逐渐散去，只剩下冢里眉还站在那里。花间泽开门将吃剩的东西递了出去。

冢里眉接过，说："我先去送东西，一会儿过来给你俩守夜。"她伸头瞧了少年一眼，又冲花间泽挤了挤眼睛，走开了。

花间泽关好门，来到少年身边。

"时候不早了，信哥儿，我们歇了吧！"

吃饱了肚子，少年也有了力气，翻着白眼说："你先歇了吧！"

"那怎么行？你是我的夫君，我得先侍候你。"说着，她就去解少年身上的包袱。

少年往后退了两步："你别碰我。"

花间泽笑笑："这可由不得你。"她麻利地将少年身上的包袱扯下。少年夺路就走，花间泽一把将他拉住。她力气很大，少年还真的动弹不得。

冢里眉回来了，看着窗上两人晃动的身影："要我进去帮忙不？"

女子放开少年，冲着门外："不用，你回去吧！"

"太祖关照，让我务必陪到天亮。"

"真是要命，你在这里候着，我们歇还是不歇？"

"好好好，我这就走。"

冢里眉很是不快，转身离开，找太祖去了。

少年转过身去，不看花间泽。花间泽张开双臂从背后揽住少年，轻声说："你当真不想和我做夫妻？"

她可是一只老鼠啊！少年有些害怕，不由得缩紧了身子。花间泽小声问："你在想什么？"

少年从她怀里挣脱："什么也不想。"

她有些不耐烦，一下抓住少年的肩膀。她的手很有劲，把少年都给抓疼了。

"你把青牛星给你的东西留下，我就放你走。"

"你说错了，我除了穿的这身衣服，包袱里还有一串铜钱，再没有什么东西。"

花间泽冷冷一笑："太祖是不会看走眼的。"

"你们这一家子到底要干什么？"

"就是要你穿的一件衣服。"

"衣服要是给你剥去，我还怎么出去？"

"那我可管不着。"

"我真糊涂，没看出你们是一伙儿强盗。"

"不是那么回事，太祖让他们两个把你给迷住，其实你已经有了察觉，幸亏他们两个装扮得好，没被你看破。这都怪你自己，你若稍稍留意，断无此厄。"

"……"

花间泽走到门口，推开门向外看了看，又关好门回到少年身旁，压低了声音说："太祖的意思是当你睡下后，扒下你身上的霞衣。"

"我的霞衣在哪儿？"少年仍在装糊涂。

花间泽点了一下少年的脑门："就在你身上。"

"看是哪件，你扒去不就完了。"少年耍起了无赖。

花间泽十分干脆："你不睡下，我怎么能够拿走。"

少年："那我就没办法了。"

花间泽："其实，办法还是有的，只要你诚心给……"

少年心里有些发虚："求求你，放过我吧！"

"放你不得，太祖的交代，谁敢违抗？"

少年看着门口，站起身来。

花间泽微微一笑："别打那没用的主意，就是放你走，你也走不出去。"

听她这么说，少年又坐了下来。的确，到现在他都不知道自己所处的位置，更何况外面还有那么多滴溜溜的小眼睛。

能拖一会儿就拖一会儿，少年豁出去了。

花间泽说："要不咱俩做个交易，你把你的灵气分给我一半，我设法送你出去？"

少年不答。

花间泽："一半的一半？"

少年还是不答。

花间泽有些焦躁，咬着牙说："你再不肯，一会儿太祖就会过来，先摄走你的生魂，然后把你逐出门去。你整天浑浑噩噩，如行尸走肉，枉来人世一回。"

少年怕了："就按你说的，一半的一半……"

"这就对了嘛。"花间泽笑盈盈的，"你赶紧闭上眼睛，静一点儿……再静一点儿……"

少年心有打算，努力护住真灵。

花间泽有些生气："不识抬举，我这就去告诉太祖。"

少年见她咬牙切齿，赶紧照她说的去做。

花间泽笑出声来："真是我的好夫君，我还真的不忍下手。"

少年睁开眼睛，看着她。

花间泽说："我可没动你一分一毫。"

少年问："你改主意了？"

花间泽点点头："嗯！"

少年说："放我走吧！"

"我先问你，"她带着妩媚的笑，小眼睛充满了柔情，"你喜欢我吗？"

少年看着她的瘦脸，没有回答。

花间泽说："我们还有见面的时候。记着，你欠我一个人情。"

少年拱手："容当后报。"

"其实，我一开始就没想把你怎么样。放你出去，也图个日后相见，随我来。"她一口吹灭烛火，转身朝门口走去。少年将包袱系在身上，跟着她。花间泽听了听外面的动静，一把将门推开。

二人出得门来，已经过了午夜，不知什么时候起了云彩，月亮被几片黑云遮满，天空只有几颗星星在闪烁，整个院子一片朦胧。少年有些害怕，紧紧躲在花间泽身后，随着她慢慢向前挪动。

密牖疏窗，两人弯着身子前行，穿过竹木丛生的小径，他们在院墙下边站住。花间泽看着少年，小声说："我还真有些舍不得让你走。"

少年怕她反悔，赶紧说："今夜脱身，绝不忘记你对我的好处。"

花间泽反问："连我的名字都不知道，还说记住我？"

"你叫花间泽，你那老祖刚才说过。"少年小声说。

花间泽露出笑来："算你小子有良心。还有，诓你来的高个子叫地角风，矮个子叫壁中错，给你开门的叫梁头睦。"

少年说："我记住了。"

花间泽又说："你已经看见了我们这个家族的所有人，庄园却是幻化的，破晓时分自然消失。不过，眼下还得靠你自己从墙上翻过去。"

少年看着高墙，试了几次，就是无法翻越。他过回身，眼巴巴地看着花间泽："可有别的地方能够出去？"

花间泽说："没有，整个庄园只有一个大门。"

少年有些绝望："一点儿办法也没有了？"

花间泽："我来帮你。"她来到墙边，蹲下身去。

少年见了，脸有些发烫，不肯让花间泽驮他。

花间泽催促："快点儿，一会儿太祖他们就会找到这里，那时候你再也走不了了。"

少年心一横，踩上花间泽的肩膀，双手钩着墙顶向上一跃，爬上高墙。不知出于什么念头，他竟然伸手向下去拉花间泽。花间泽连连摇手："快走！"

少年不敢耽搁，纵身跳向墙外。

不管有路没路，朝着东方，一路狂奔。

月亮从那片黑云里钻了出来，大地一片银色。跑出一箭地，少年回头再看庄园，隆崇嵯峨，透着难以言说的诡异。

送走了少年，花间泽立刻有了恐慌。背叛太祖轻则逐出门户，重则弄残肢体，两种结局都是难以接受的。她有些后悔，刚才怎么就没跟少年一起翻过墙去？找个地方躲起来，还是等待鸡鸣？

她没了主意。

殿内，冢里眉有些焦躁，她来到太祖身旁说："时候已经不早，是不是该去看看了？"

"不急，花间泽一会儿就有信来。"

冢里眉急了："就怕她把信哥儿给放跑了。"

"不会吧？"太祖一下起了疑心。

冢里眉转到太祖对面："怎么不会？她把我给撺回来就感觉有点儿不对劲。"

太祖沉思了一会儿，对冢里眉说："也好，你先去看看。"

冢里眉答应一声就往外走，太祖又把她叫住："叫梁头睖、窀窀吓跟你一起去。"

站在门口的梁头睖眼珠胀凸，看上去有些瘆人。他早就按捺不住，手里抓了一条长棍子冲出门去。窀窀吓提起一盏灯笼跟在冢里眉的身后。

夜风摇动着竹子，竹叶翻飞发出哗啦啦的响声，花间泽竖起了耳朵。

整个宅院都不平静，到处都像有人在走动，留给花间泽的时间已经不多了。

还是得找机会溜出大门。

她蹑手蹑脚地朝大门口走去。远远看见冢里眉与梁头睖，两人踢踢踏踏地走了过来，他们身后还跟着手提灯笼的窄窄吓。

花间泽赶紧躲进竹影里，屏住呼吸。

"这小娘当真快活，到现在房间里还黑灯瞎火的。"看着那间屋子，冢里眉有些拈酸。

梁头睖嘿嘿一笑："要不咱俩也先找个地方快活一下。"

冢里眉呸了一声："瞧你那一双眯眯眼，哪个女的会稀罕你。"

三个人先后从花间泽身旁经过，径直来到那间屋子前面，冢里眉轻轻叫了一声："花间泽……"她将耳朵贴在门上去听。

"是不是还在睡？"梁头睖问。

冢里眉有了疑惑："不对！里面好像没有人。"

梁头睖竖起耳朵，听了听，抢起棍子使劲砸门："都给我起来。"

没有人应，两个人急忙闯进屋子，果然少年和花间泽都不见了。

"人哪儿去了？"梁头睖有些不知所措。

"赶紧告诉太祖啊！"冢里眉倒是聪明。

梁头睖丢了棍子，一溜小跑赶回见太祖，冢里眉带着窄窄吓一边喊一边向大门口跑去。

"快来人啊！那小子跑了。"

"看好大门，别让他们两个跑了。"

大殿里的人听见冢里眉叫喊，全都跑了出来。

"那小子跑了。"

"花间泽也跑了。"

………………

花间泽倒是镇定下来，大门是出不去了。她转身朝屋后奔去，那边有一道浅浅的土沟。来到近前，不管有水没水，花间泽一头扑了下去。

大殿那边乱作一团，灯笼火把四面散开寻找花间泽和少年，太祖头发散乱地站在殿前的空地上，火把映照下胡子不住地抖。他怎么也想不到自己的仇家已经龇着雪白的利牙来到了院门口，动机很简单——复仇。

地角风听见冢里眉说要看好大门，举着火把就往大门口跑。他刚到大门边，门外面传来一声含混不清的咆哮。

他吓得一哆嗦。

仇家来了，而且是一大群仇家。

地角风丢掉火把就往回跑。

几十条黑影从墙顶跳下，喉咙里发出恐吓的呜噜声。地角风被一条黑影追上，临死前他拼命发出一声叫喊："大尨来啦！"

黑影将他扑倒在地，咔嚓一声，地角风的脊梁骨被咬成两截。杀戮从这一刻开始，黑影扑向院子各个角落，绿幽幽的眼珠子让人胆寒。

听见地角风的叫喊，太祖顾不得体面，一转身跑进了大殿，砰的一声从里面将殿门关死，鼠家的威风荡然无存。

太祖毕竟见过世面，危急关头知道该怎样去做。

冢里眉和窆窆吓离大门最近，刚才的动静他俩听得清清楚楚。保命要紧，冢里眉撇下窆窆吓，自个儿向一间屋子逃去。

窆窆吓腿脚慢，眼看就要被仇家追上。

冢里眉逃进一间屋子，和太祖一样，一把将门关死。

外面，仇家扑倒窆窆吓，一口咬断她的脖子。

冢里眉安全了，大口大口地喘气。

大难临头，壁中错企图逃进大殿。刚到门口，就看见几条黑影带着一股凉风朝他扑来。推门不开，急得他大喊大叫："太祖开门。"

太祖一声不吭，从里面死死将门顶住。

"救命啊！"壁中错一声惨叫，倒在地上。

惊慌失措的梁头睐就近钻进一间屋子，关好屋门伏在角落里，庆幸自己捡回一条命。

外面的咆哮、惨叫仍在继续，房前屋后到处都在追逐。梁头睐闭上眼睛，埋怨太祖吃什么不好，非得吃狗肉，这一口得结下多少仇家？不知道太祖此时怎么样了，怕是在劫难逃。

一声鸡啼。

庄园一下子消失了，仇家全都没了踪影，荒野一片死寂。花间泽从土沟里爬出，抖抖身上的泥土，她笑了，笑得很苦涩，很勉强。

在鼠家族里，花间泽的地位很特殊，辈分虽然不高，但又比别的鼠都高出一等。因为她生得漂亮又聪明伶俐，太祖对她宠爱有加，还找来一位先生教她识字。能吃到狗肉就足以表明她的身份多么高贵，两片油乎乎的嘴唇就是她傲视四周的理由和资本。花间泽爱张扬，尤其在别的女鼠面前有一种荣耀感，孤傲也让她得罪不少的男鼠。女鼠们个个势利，奉承她，讨好她却又巴不得她早点儿倒霉，尤其是豕里眉，背地里没少说花间泽的坏话。花间泽当然清楚她们心里想的是什么，放走少年触犯了鼠家族的利益，那些一字不识的女鼠不会错过这个惩治她甚至除掉她的机会。为了维持在家族中的威严，太祖也不会轻易放过她。

想想就让她头皮发麻。

她不知道接下来自己该干什么，准确地说是去哪里谋生。随地都可以建造洞府，然而这片荒坡是不行了，附近也不行，她已经不属于这个家族。今夜的遭遇已经激起那些坏女鼠狭隘的仇恨，一旦被她们发现，结果不难想象。要不去一个遥远的地方？可那是别人的领地，处处隐藏危机。要不从这里一直往东寻找少年？这绝对是一个荒唐的念头，一只女鼠怎么能够与少年相处？浪漫归浪漫，就是不可行。

她显然没了主意。

夜色一点点地退去，竹木花草依稀可辨。该离开了，花间泽漫无目的地往前走去。

脚下横躺着一只死老鼠，她一脚将它踢飞。

八　士孙鉴

憔悴长别盼倩，摧心底滞寒园。

辟易离尘不惑，清风皓月飞鸢。

　　细雨从昨晚一直下到今天下午，还是没有停下来的意思。大峡谷湿漉漉的，就连谷底的溪流也比平时宽了许多。峡谷里的风也和平原不大一样，无论阴天还是晴天，总是没完没了地吹。

　　雨水打湿了少年单薄的衣衫，寒意袭来，他缩紧了身子。

　　从昨晚到现在没吃一口东西，今天走的又多是山路，少年又累又饿。大峡谷不知究竟还有多长，他有些撑不住了。

　　少年想找个地方歇一歇，前面看不见竹林，除了崖壁上稀稀拉拉的松杉，再也没有能够遮风挡雨的地方，这样的天气整条峡谷连一块干燥的地方都没有。想着归星湖茂密的竹林，竹里山庄杨柳结织的绿荫以及扰攘的人群，少年愁怀万种。

　　一只苍鹰借着气流在峡谷的上空盘旋，从正午开始它就一直追着少年，一刻不离。

少年觉得自己受到了监视，要不就是苍鹰把自己当成了废物，时刻准备过来捡拾。他一下有了恼恨，伸出手臂，一个指头指着苍鹰。

苍鹰张着翅膀像是固定在少年的头顶上，始终和他保持着一个不变的距离。

这两个可笑的旅伴，谁也读不懂谁的心思。不一会儿，少年就感到了疲倦，率先放下手臂。苍鹰拍了几下翅膀，觉得这样相持下去实在没什么意思，转了个圈，顺着峡谷往前飞去。

少年接着赶路。峡谷渐渐变宽，溪流两边有了平缓的坡地，毛竹稀稀拉拉不成气候地生长着，看起来山口已经不远了。

一路走来，少年逢人便打听，峡谷里有没有人家。答案出乎寻常地一致：大峡谷荒无人烟。

少年除了疲惫，还生出了孤独。

雨慢慢地散去，峡谷里低洼的地方升腾起淡淡的雾气，遮盖了溪流，也遮盖了脚下的山路。透过雾气，少年发现了前方苍翠的竹林，竹林边似乎还站着一个人。

少年紧走几步，他看清了，是一位老叟。

天空似乎明亮了许多，空气也清新了许多，少年走路也有了力气。

老叟看着这边，似乎在等一个人。少年来到近前仔细打量，老叟头发花白一身敝衣，身板却挺得很直，清癯的脸上挂着岁月的沧桑，眼睛却很明亮。

少年上前问候："老丈万安。"

老叟露出一丝惊讶来，问少年："你从哪里来？"

少年回答："归星湖。"

老叟又问："这么远的路，你一个人走来？"看来他对那个地方并不陌生。

少年回答说："是啊！老丈在等谁？"

老叟说："就是你。"

少年不解，问："老丈怎么知道我要过来？"

老叟说："老叟与两只苍鹰相邻，苍鹰终日在峡谷里徘徊。凡有人从这里经过苍鹰就会飞起，我也就知道有人来了。"

少年还是不解，问："老丈等我做什么？"

老叟说："若是没有什么要紧事谁都不会在雨天出门。整条峡谷除了我，再也没有别的人家，老叟专为经过这里的人供些茶水饭食。"

少年听了，心里一阵欢喜，他早已饿得不行。

老叟向竹林里指了一下："那边是我住的地方。"说完，转身就往前走，少年跟在他的身后。

往前走了一箭地，老叟停住，对少年说："到了。"

雾气完全消散，一缕阳光透过云缝照进竹林，少年发现前面竟然隐藏着一座草房子。又往前走了几步，透过毛竹的空隙，少年看清了这是茅草罩顶，正中开门的三间土房子。

少年走在头里替老叟拉开房门，两人走了进去。

进得门来，少年打量着，左右两间屋子都没有门扇，各自挂着半截儿茅草编织成的门帘。少年跟着老叟走进东间，看见靠北墙的地方有一张旧床榻，南面靠窗的地方摆着一张条案和两把竹凳。少年想，西面那一间大概是老叟的仓储室了。

老叟指着一张竹凳叫少年坐下，又倒了两碗凉茶，递给少年一碗，说："灶台的锅里有菜汤和米饭，你若饿了，自个儿取用。"

少年谢过，起身去取饭食。

转身回来，少年坐在条案旁边吃饭。老叟看着少年的吃相，说："你好像一天没吃饭了。"

少年点头称是。

老叟见他已经吃饱，便问："可否方便告诉我，你要去哪里？"

少年把自己要去嚣口道观的事情告诉给了老叟。

老叟沉吟一会儿，问："你小小年纪，怎么会生出这个念头？"

少年没把实情告诉给他，只是说："这件事情是和家里说好了的。"

老叟说："其实哪里都可以修行，未必都得去道观。"

少年说："无人引领怕是不行的。"

老叟笑笑，说："修行就是找个清净之地修身养性，你看我这几间草房，不比道观还要清净？"

少年说："无论多么清净，毕竟不是道观。"

老叟说："你只要把它当成道观不就行了？"

少年为老叟的真诚所迷眩，不知该如何回答他了。

老叟说："你好像是累了，也该歇一歇了。"

少年不想过多打扰老叟，便起身告辞。

老叟站起，说："从这里向北，出山口一直往东，还有三天就可看见大河，罂口就在大河边上。现在太阳已经偏西，你不如先在这里住下，明早再行。"

少年虽然填饱了肚子，可连续走了两天的路程着实累了，便答应在这里住上一夜。

老叟随即出去，不一会儿回来告诉少年，他已经把另一间屋子收拾好，可以过去歇息。

少年心生感激，觉得老叟可亲可敬。明早自个儿离开了，不知什么时候再能相见，和他多相处一会儿也是幸运，便说天色还早，要和老叟再多待一会儿。

老叟见少年还有些精神，自然愿意陪他说话，两人便聊起了空寂的大峡谷，繁华的归星湖。少年发现老叟的情绪并不稳定，有时平静得像古佛旁边打坐的老僧，有时又像是一个热切的剑客，心情在冰湖与流泉间转换着。

少年很想知道老叟的身世，就把话题引到了他年轻的时候。

老叟沉默了一会儿，讲出一段陈年往事。

老叟叫士孙鉴，原本住在归星湖的瀍濑山庄，五十多年前来到大峡谷。

士孙鉴有两个哥哥与一个妹妹。哥哥们各自成家后，虽然都还住在瀍濑山庄，但终归不能像从前那样一家子朝夕相守。几年前，阿母辞世，从此两个哥哥与士孙鉴就少有来往，阿翁带着士孙鉴和妹子一起过日子。

清冷的日子让士孙鉴缺少热烈的情绪，人也变得极端敏感。

瀍濑山庄在竹里山庄以西，两地相距有七八里地。归星湖的人们想去山外都绕不开竹里山庄，那里的山口是通往外地的唯一通道，再加上竹里山庄的商号比较多，人们都爱往那边跑。

士孙鉴十七岁那年，二月杏花开放，这个季节归星湖的人们都喜欢来竹里山庄踏青游玩，湖岸边最是热闹。士孙鉴也邀了同伴来到湖边，两人租了一条小船。同伴划桨，士孙鉴坐在船头欣赏湖上风光。

那天，巨石旁边站着许多看湖的人，十几只小船在湖上荡漾，还有几只小船停在岸边招揽生意。

一条带篷的大船离岸已经很远，男男女女七八个人坐在舱里，一个十五岁上下的女子独自坐在船头。

这时，士孙鉴的小船在湖中与大船相遇。

大船上的女子目光温柔而安静，坐在船头注视着士孙鉴。湖上的风舞动着她的长发，模样十分可人。

士孙鉴为女子吸引，挥手跟她打招呼。

女子回他一笑。

士孙鉴蒙了，认定女子已经看上了他。

两条船很快分开，越来越远。士孙鉴什么都不顾了，转过身子仍旧向大船那边张望，催促同伴掉转船头再去追赶大船。

同伴明白士孙鉴的心思，他觉得士孙鉴很蠢，怎么可以无缘无故地追赶人家？便掉转船头回到了瀍濑山庄。

下午，士孙鉴回到家中。他的情绪明显有些亢奋，说话、走路都跟早上出去时不大一样。妹妹问他，是不是在外面惹了什么祸？士孙鉴这才冷静下来。

这天夜里，士孙鉴睡得很晚。

第二天，士孙鉴早早起来，吃过早饭就出了家门。一路朝东很快就来到竹里山庄。他在寻找船工，打听昨天乘大船游湖的是哪户人家。

湖岸边，一个船工告诉他，乘大船游湖的是竹里山庄做丝绸生意的屈掌柜一家，船头坐着的是屈掌柜的小女缥缳，因为生得俊俏，有许多人家上门求亲，但是都已经被拒绝了。

士孙鉴蔫了，整整一个中午独自坐在巨石旁边，头低到了裤裆里。的确，依照自己的家境做屈家的女婿想都不该想。

烟水迷离，湖面一条船也没有。

屈家女子的笑很微妙，她一定是真的看上了自己。然而……

情爱让士孙鉴失去了理智。

也许熬上几天，士孙鉴就把缥缳给忘了。可士孙鉴偏不，他落下了心病。甚至，阿翁要他跟自己去地里锄草，他也心不在焉的，空着手就跟阿翁出了门。

阿翁叫他回去拿锄头，士孙鉴才反应过来。来到田里，士孙鉴手里握着锄头发呆，阿翁这才发现情况不对头，仔细看士孙鉴，他目光空空的，毫无内容。阿翁当晚就去找士孙鉴的同伴，从他那里知道了士孙鉴的心事，第二天便托媒婆到处给他寻找小娘。然而士孙鉴心里就是放不下屈家女子，媒婆几次登门都没有结果。

士孙鉴的心病越来越重，不管白天黑夜总往竹里山庄那边跑。有时彻夜不归，一个人独自在湖边徘徊。

大湖，树林，想不开的士孙鉴。这些年横死的人很多，让人没法不联想。阿翁怕士孙鉴闹出事情来，外出干活儿的时候便把他锁在屋子里。然而，锁是锁不住的，士孙鉴可以爬窗出去。

这回的目标更加具体明确，屈家大门口不远的地方有一棵老柏树，士孙鉴在树底下一坐就是一整天。

士孙鉴的事情，瀍瀬山庄妇孺皆知，也传到竹里山庄。听说士孙鉴整天坐在柏树下朝这边望，屈掌柜很生气，冲着外面骂："不要脸的痴子，死掉算了。"

士孙鉴才不肯去死，他活着，只是活得有些难堪，人不人鬼不鬼的。

屈掌柜派了一个能说会道的人出去，想把士孙鉴给劝走。士孙鉴就像压根儿没听见他说的话，低着头，一点儿反应也没有。屈掌柜忍无可忍，叫过几个胳膊粗、力气大的汉子出去动粗。汉子们来到柏树下，不由分说架起士孙鉴就往庄外走。来到庄外没人的地方，汉子们将士孙鉴狠狠教训了一顿。

士孙鉴怕了，再也不敢来竹里山庄。

阿翁找来了亲戚，轮番开导士孙鉴。不出所料，所有人的努力全都白费了，士孙鉴躺在床榻上，两眼直直地看着屋顶，一句话都没有。亲戚们都说，士孙鉴不知中了什么魔，怕是废掉了。

秋天，一个更加痛苦的消息从竹里山庄传出，屈掌柜家的小女缥鬟将要嫁到山外去，夫家是远近闻名的富商。

士孙鉴是从湖边回来的路上听说的。

阿翁结结实实地怕了一回，唯恐士孙鉴知道缥鬟出嫁的消息会有什么不测。奇怪的是士孙鉴听了这消息一点儿反应也没有，一个人走回家里对阿翁说，他再也不想屈掌柜家的缥鬟了。

阿翁像是放下一副沉重的担子，心里轻松了许多，说等忙过了秋天，就去找媒婆给士孙鉴寻个小娘。

士孙鉴答应下来，可他还是有些消沉，对阿翁说他要出去走走，几天后就回来。

阿翁不同意他出去，可又怕他憋在家里闹出毛病来，便找来士孙鉴的那个同伴，拜托他跟着士孙鉴，不让士孙鉴走得太远，玩够了早点儿回来。

同伴答应下来，问士孙鉴想要到什么地方去。

士孙鉴说他要去大峡谷，同伴很是不解，说大峡谷荒无人烟，去那里纯属自讨苦吃。士孙鉴却说，凡是人迹罕至的地方都有神仙，听说大峡谷景色不错很值得一看，几年前自己就有去那里游玩的愿望。同伴见他一定要去，耐着性子答应。

士孙鉴和同伴上路了，两天以后，他们走进了大峡谷，士孙鉴心情果然不错，心里的烦恼一扫而光。同伴也十分轻松，大清早两人沿着谷底一直向北走去。

就是这次游玩改变了士孙鉴的命运。

午后，他与同伴终于走到了山口。士孙鉴说他想走出山口，到山外去看看，住上一夜然后再返回。同伴了解士孙鉴的性情，凡事只能由着他。

两人找了个干净的地方停下来歇息，这时山口那边走过来两个女子，她们肩上各背着半口袋沉重的庄稼。士孙鉴与同伴远远地看着她们。两个女子像是累了，也停下来坐在溪流边歇息。士孙鉴想帮助她们，便和同伴一起走了过去。

两个女子一个叫金莺，十六岁；一个叫金雉，十四岁。家里还有一个九岁的弟弟叫金川。见到两个年龄相仿的男生，金莺、金雉并不拘束，也很乐于接受他们的帮助。士孙鉴与同伴整整一个下午都和金鸢、金雉一起从山口那边往回收庄稼。

第二天早上，士孙鉴说他要在这里多留几天，同伴独自回了归星湖。

阿翁听说士孙鉴为了两个陌生女子留在了大峡谷，既生气又无奈。他担心士孙鉴上当受骗，身心陷入无法排遣的焦虑之中，后悔放士孙鉴出去。

留在大峡谷的士孙鉴从未有过片刻的寂寞，神采飞扬。

同伴刚走，金鸢、金雉便邀士孙鉴一起去峡谷外看湖泊。看见金雉欢喜的样子士孙鉴心中充满了微妙的期待。他读过许多浪漫故事，幻想缠绵缱绻的爱情能在自己身上发生。三个人留下金川看家，金鸢、金雉、士孙鉴三人沿着峡谷向北徐行。不到半个时辰他们就走出了峡谷。到了这里，山崖已经变成低矮的山丘，从这里右转，古柏萧森，石坡欹斜，一泓碧水笼罩在千林之中，一座拱桥跨过低地通向湖岸。白云冉冉飘过，云霞烟雾生于湖上，水天相接处愈发神妙深邃。走在头里的金雉为这人间仙境痴迷似醉，她回头看着士孙鉴，脸颊泛起淡淡的红晕。

金鸢脸上带着微笑，看着欢快的金雉，残颓凄凉的旧景仍在她心上萦绕。

因为火烧仇家，五年前的春天，阿翁带着他们姐弟仨从几十里之外的洰水埝来到大峡谷。竹林是个隐居的好地方，阿翁带着两个女儿挖石建房，开荒种地，从此过上安生的日子。不幸的是，半年前阿翁染病离开人世。蓦然间，姐弟三人像是被摒弃于孤岛中的浮萍断梗，失去了依靠，面对渺茫的未来不知所措。愁肠百结，金鸢天真烂漫的脸上，隐隐地罩上一层忧容。

聪慧伶俐的金鸢比金雉大了两岁，阿翁给她起了这样一个名字，大概就是要她承担起保护金雉和金川的责任。夜晚来临的时候，面对苍黑的竹林，金鸢总会感到一种莫名的恐惧。尤其是夜风从山谷里吹来的时候，这恐惧就更加汹涌，荒无人烟的大峡谷实在让她胆寒。她对自己从小长大的沤水埮充满了留恋，心中甚至起了带着金雉、金川回到那里的冲动。

然而，沤水埮并不是理想的乐园，人心的鬼蜮伎俩与冷漠更让她不安和失望。

活泼的金雉率先踏上拱桥，站在高处远眺，湖光山色尽收眼底，凉风吹起了她的衣角，也吹乱了她的长发。她喜欢极了，张开双臂向前奔去。随着金雉清脆的足音消失，她的身影也不见了。金鸢感觉不好，急忙跑上拱桥，这时金雉已经不在桥面上。透过破损的桥面，士孙鉴一眼看见跌落桥下的金雉。他顾不上招呼金鸢，转身朝桥下跑去。

金鸢抱起金雉的头，大声呼喊她的名字，金雉却一点儿反应也没有。士孙鉴用手试了试金雉的鼻息，告诉金鸢不要慌张，赶紧从地上抱起金雉。

金鸢没了主意，一切只能听从士孙鉴的安排。

回家的路漫长而崎岖，两个人心情沉重，脚步匆匆。

金鸢跟在士孙鉴身旁，一双泪眼看着金雉，不时要士孙鉴停下来，查看金雉的状态，她为没能照顾好妹妹而悔恨，只能无声地落泪。金雉头伏在士孙鉴怀里，不知道她是否能听见姐姐的呼唤。

八　士孙鉴

山间飘来的风如浪一般汹涌，和着竹叶的凄声，士孙鉴的心情愈发焦虑与悲戚。

士孙鉴细心留意着金雉呼吸的声音，只希望金雉早点儿醒来，能够感受到自己温暖的怀抱。此刻他除了金雉，万象皆空。

还没走过半程，金雉醒过来了，她忍受住身体的痛楚，尽量不哼出一点儿声音来。士孙鉴更加抱紧了她，这种甜蜜的温存与体贴，金雉明显感受到了，她不为今天的遭遇而后悔，此刻她的心是幸福和骄傲的。

力不从心，士孙鉴还是停了下来。金鸢看着醒过来的金雉，破涕为笑，她想替换士孙鉴，自己来背妹妹，但是被金雉拒绝了。

歇息一会儿，士孙鉴背起金雉继续赶路。金雉是幸运的，她只是给摔晕了，没有伤到筋骨；金雉又是不幸的，正是这个士孙鉴给她带来了无尽的思念与哀伤。

金雉乖巧地伏在士孙鉴背上，两只小手紧紧抓着士孙鉴，少女的情怀犹如一星火光，一下点亮了士孙鉴爱恋的心灯。表面上春水似的平静，可他的心却像粉墙下的一个窃贼，一点儿一点儿地过来了。

又过去一天，吃过早饭士孙鉴向金鸢一家人告别。临出门时，金雉低着头不敢去看他。士孙鉴满心的不舍，临出门时又回头看了一眼金雉。

金鸢、金川与士孙鉴走出屋子，金雉悄悄地来到院子里，她希望能再看一眼士孙鉴。茂密的竹林遮挡了她的视线，她只是见证了一个寂寥而晴朗的天气。

溪流旁边，金鸢停下脚步对士孙鉴说："我想把金雉托付给你，可以吗？"

士孙鉴毫不犹豫地接受了，他说："我回去禀告阿翁，很快就会回来。"

金鸢看着他，心里编织着妹妹和通簏坝的美梦。士孙鉴带着一腔热切和憧憬离开了大峡谷。

金鸢把士孙鉴的承诺告诉了金雉，金雉一句话也没说。她显得很安静，安静得就像窗子上面吊着的一只蜘蛛。

一个月过去了，两个月过去了，士孙鉴没有回来。

一夜又一夜，一晚又一晚，金雉对着天上闪闪的繁星、皎皎的明月发呆，她病倒了。金鸢后悔那天把金雉托付给士孙鉴，这也是她心里十分痛苦的事情。她知道金雉的心病无药可解，然而她还是得尽最大努力化解金雉的忧伤。

一天夜里，金川睡下了，金鸢、金雉面对面地坐在床上小声聊天。

一提起士孙鉴，金雉就低下头去，一言不发。金鸢劝金雉："或许士孙鉴只是一阵风偶然飘过大峡谷，飘过也就飘过去了，根本就不会再飘回来。那两天的经历，就随风而逝吧！"

金雉像是听见了金鸢的劝告，又像是没听见。

往事成诗，一泓碧水，一条拱桥，士孙鉴温暖的怀抱……金雉觉得，那一刻他们两个都是幸福的。

金鸢再说什么都是多余的。

沉默了许久，金鸢对金雉说："放下他吧！"

"我明白。"金雉的声音有点儿发飘。

金鸢叹息了一声："大峡谷不是我们该住的地方。"

士孙鉴，你在哪里？金雉的心微微作痛。

枝上这朵娇红的花即将萎落尘土。清泪濡染，凄哀情深，金雉不留恋梦断魂销的大峡谷，也不留恋空寞无痕的洏水埝，只希望能再看士孙鉴一眼，在他的怀抱中逝去。

士孙鉴走后第五个月，金雉哀哀凄凄地离开了这个世界。

那天傍晚，大峡谷罕见地飘起雪花，夜幕垂下来的时候，金雉平静地离开了人世。黑暗中，金鸢、金川守着金雉，哭声和着风声，雪花和着热泪。第二天，金鸢、金川砍下一堆竹子给金雉做了一个竹棺，把她埋在了阿翁的坟旁。

大峡谷让金鸢伤心欲绝，几天后她带着金川回了洏水埝。

又过去了一年，士孙鉴回到大峡谷，带来了阿翁同意他迎娶金雉的消息。人去屋空，士孙鉴坐在金雉的床榻上，号啕大哭。

他决定留在这里，不知什么时候金雉就会回来。

然而他没有等来金雉，只等来了清明节时给阿翁和金雉上坟烧纸的金鸢和金川。

金鸢、金川哭了一通回洏水埝去了，士孙鉴一个人留在金雉的坟前。太阳已经下山，鸟声清幽，竹林里升起的苍烟，似纱帷掩映着金雉的桃腮……

颓丧消沉，士孙鉴不知道接下来自己该怎样度过余生，他无法摆脱失去金雉的哀痛。

金雉已不可得，凄寂的大峡谷只剩下他一个漂泊的生命。

想了几天后，士孙鉴做出一个让人意想不到的决定，他要留在这里守护金雉，一辈子不娶。

士孙鉴久不归家，两个哥哥到大峡谷来找他。士孙鉴说这里有现成的房屋和几亩农田，春种秋收，无人打扰，这样的日子着实难得。

两个哥哥耐心地说服士孙鉴："跟我们回家吧！阿翁想你，头发都白了。"

士孙鉴沉默了一会儿，说："以后我会去看他的。"

"阿翁又在给你讨小娘。"

"回去跟阿翁说，别再为我操心了。"

两个哥哥心里一片荒凉，只得默默地离开。阿翁并不死心，又几次派人来寻找，士孙鉴都回避了。

一年又一年，几乎每一天士孙鉴都在金雉的坟前徘徊，心里一遍遍地呼唤金雉。他也问自己，真的没有机会了吗？

偶有一天，大峡谷来了一位法师，士孙鉴把他留了下来。在法师的开导下，士孙鉴的心态稍稍有了改变，但他仍旧放不下金雉。法师见他不可救药，临走时便说起了士孙鉴与金雉的宿世之缘：金雉前生为富家之女，士孙鉴前生家境贫寒，两人曾有婚约但未有结果。今生短暂相遇乃前缘再现，二人若想结为夫妇需再转一世，士孙鉴只需积累功德自然能够感动天地。

法师的话没有让士孙鉴的心平静下来，反倒起了更大的波澜。以前士孙鉴是因为思念与苦闷选择留在这里，如今他又陷入了企盼之中。

站在峡谷里，士孙鉴望着竹林，凉风撩拨着他的一头乱发，他心里忽然有了修行的念头。他学法师的样子做起了隐士，可偏偏又惦记起阿翁和两个哥哥来。

八　士孙鉴

士孙鉴希望能再次见到法师，可法师一去再也没有回来。他不会把士孙鉴的事情放在心上，尘世间的事法师懒得过问。

没有人知道士孙鉴每天都做些什么，但农事他是必须去做的。从这里出山口往东再走上一个时辰就有一个集镇，士孙鉴用田里的收获换回日常所需。

年复一年，日复一日，大峡谷里青年的士孙鉴变成了中年的士孙鉴，直到少年遇到一位济人饥渴的老叟。

折翅断翼，金鸢与金川归来。他们不哭不笑，对谁都无感。生活艰辛，心境苦闷，姐弟两个漠然一切。那时仇家尚未失势，金鸢为其婢使三年。金鸢的凛冽清冷吓阻了仇人的非分，却一生未嫁。金川走出孤独的樊篱，十几岁后离开沤水埝，远走他乡。金鸢、金川后来的事情士孙鉴一点儿也不知道。

老叟讲完了，少年心里沉甸甸的。这是一个凄悲的故事，少年没有过爱恋，对老叟的内心自然不能感同身受，但他能够理解踟蹰在这荒野寂寂的山谷里守着一座孤坟该得有多么大的定力。

少年接受了这个可怜无告的暮年朋友，老叟的付出实在太多太多，悼亡的悲绪，常人难以理解。云天苍茫，暮鸦声声，一个个孤寂凄清的夜晚，他是怎样度过的？

其实士孙鉴的生活并没有少年想象的那般孤独，和其他隐士一样，士孙鉴每天都在清修。他没有抛弃亲人，经常在归星湖与大峡谷之间往来。暮年的士孙鉴和年轻时的士孙鉴心境已经是天壤之别，离开古旧的、喧嚣的澶濑山庄算不上一个正确的选择，但充满生机的、寂静的大峡谷重新塑造了士孙鉴。对此，他从没感到后悔。士孙鉴一生的大部分时间都在大峡谷度过，可远近的山川也都留下了他的足迹。他有很多友人，庸夫人就是一个。

大峡谷度脱了士孙鉴。士孙鉴不再迷惑，他仍然为能够投入这片山谷而陶醉。

士孙鉴住的老房子几经风雨，已经破破烂烂，房顶有的地方已经开裂，这个季节风从缝隙里吹进来并不觉得什么，冬天则是一件麻烦的事情。少年决定天亮以后帮士孙鉴把房顶修好再离开。

一大早，少年找来一把梯子爬上房顶，将劈开的竹片用竹签钉在房脊上面，再涂上泥片和茅草。看似简单的活计，少年用了一上午的时间。

中午，少年放心地上路了。

雨后初晴，竹林旁的山路，留下少年一串远去的足印。他的身后是空寂的山谷，只有老叟一个人伫立着。

少年远去了，士孙鉴看着他的背影消失在山口处，心里默默祝福少年，所履平安，所愿随心。

九　家妹儿

顾指星河汗漫，荒涂遍覆芳兰。

畅意轻歌曼舞，酣欢月没横参。

贪走夜路，少年没在洈水埝住下。

准确地说，他也没有那么大的胆子在洈水埝住下，能从这里走出去就已经很幸运了。由于受了惊吓，他的心到现在还没有安稳下来。

夜空下，周围一点儿动静都会引起少年的注意。

洈水埝的棍子像无数条毒蛇一直在少年眼前乱舞，想想就脊背发凉。少年为什么会有这样的感觉，留作以后交代。

月明星稀，荒野寂寂，前方路旁灯火摇曳。少年一下子想起了野芒圃，他停了下来，不敢再往前走。

野芒圃那个夜晚怪自己一时糊涂，轻信了鼠家的鬼话。

鼠家倒也没什么了不起，少年用手臂擦了擦额上的虚汗，往前走去。

少年来到近前，那是一座六根柱子支撑、芦苇罩顶的茅亭。茅亭周围遍植藤萝，两旁竹高丈余，没有风，竹叶一动不动。茅亭中间放着一张圆桌，圆桌周围分明坐着六个年轻女子，她们身旁还站着两个六七岁大的小童。

少年走过来的时候，女子们正在饮茶聊天。少年在茅亭前边站住，仔细看时，原来是疏花、凌风、秀叶、泽采、浮选、恩香六姐妹，他无论如何也不会想到尘世间还能遇见筷园里的六只蝴蝶。

他叫了声："家妹儿……"然后走下大路。

女子们放下手中的茶碗，看着少年。

"信哥儿，别来无恙。"说话的是疏花，她站起身，走出茅亭。

少年高兴地说："好久不见！"

疏花在众姐妹里年龄稍长，率先来到少年身边："一别十几天，知道你要从这里经过，我们六个特地在此等候。"

凌风、秀叶、泽采、浮选、恩香陆续走出茅亭，笑吟吟地问候少年。

少年心生感激："惭愧，离开筷园，还让你们惦记。"

疏花问少年："你是不是忘了今天是什么日子？"

少年这才想起，在筷园时疏花就曾跟他说，要在一个满月的日子里和他下去游玩一回，于是说："我忘了这个日子，原本是要在洒水塣住下的，不知不觉就走过来了，没想到在这里相遇。"

凌风说："前夜我们看你留在大峡谷，就想去找你。大伙儿说还是等一等，今夜也好和你一起转转。"

少年说："今夜没有云彩，我们乘着好月色到处转转。"他从背上解下包袱，浮选接过，转身走进茅亭，放在圆桌上面。

这时恩香看着远处，说："还真是遇到了麻烦，我们来时的云气散了。"

泽采说："不碍事，我们用点儿功夫，回去不难。"

疏花、凌风、秀叶、泽采、浮选、恩香朝少年笑笑，瞬间化回蝴蝶。

她们一个个：

寻虚妖丽戢，
骋迹艳形彰。
流眄邀星汉，
巧笑戏三光。

又曰：

资仪雅趣身秀逸，
比迹蹁跹意清扬。
风姿受性红颜晔，
微眄澜波睐青阳。
荒阡古陌托嘉梦，
野圃山间曳华裳。

> 天生稚巧真妖丽，
>
> 铺采摛文天祚偿。

疏花抬头看着天河，用力扇动翅膀，凌风、秀叶、泽采、浮迷、恩香也跟着她一起努力。天河的水汽弥漫下来，六位蝴蝶仙子汲取成云，踏在脚下。

凌风说："幸亏我们采集到了云气，否则不知要等到什么时候才能回去。"

浮迷看着信哥儿："还不赶紧过来。"

少年有些无奈："如今我已降为凡人，化不回去。"

秀叶来到少年身边："那我们助你一臂之力，带你出去。"

少年应允，走进茅亭，在角落里盘腿坐下。

疏花几人跟了进去，看着少年入静，心里默默地念诵着什么，这时一只蜻蜓离开少年身体，出现在她的面前。

那蜻蜓：

> 朱红文茎体，
>
> 朗目耀灵光。
>
> 翩飘薄翼翅，
>
> 徽霍玉阶梁。

疏花心生欢喜，赞叹说："信哥儿，真是不错！和过去一样。"信哥儿看了看四周："就是眼睛看得不大真切。"

疏花近前细看，信哥儿的眼睛里似有迷雾，于是问："你看了什么不该看的东西？"

信哥儿心里有苦，回答说："我一落地就本本分分，从不接近秽溷。"

疏花想了想，说："我不是那个意思。你怕是给人迷了眼睛，我来给你清一清。"她飞起来，翅膀冲着信哥儿的两只眼睛扇了几下。

信哥儿顿觉眼前一亮："我看清了。"

疏花带着信哥儿出了茅亭，却又转回身去，冲着两个童子，说："烦你俩用心，如遇惊扰就碰他一下，立马就会转来。"

小童说："知道信哥儿要来，主人已将这方圆数里清理得干干净净，不会放进来任何一个精灵野兽。"

疏花说："那我就放心了。"

少年心里一动，想问小童他家主人是谁，但已经化回蜻蜓，没机会了。

不知为什么，疏花总觉得附近有些不大安静。她看了一下四周，又没发现有什么异常，便对大伙儿说："都随我来。"

踏上云彩，翩翩轻迅，疏花飘在头里，凌风、秀叶、泽采、浮迭、恩香以及信哥儿随后跟上。

向东飘飞了一会儿，疏花想起了驼骆山。出天门不易，何不乘这次机会去一次驼骆山？听说那是个洞天福地，云雾之上的一座仙山，见者福寿双全。打定主意，她改了方向，带头向北。

恩香使劲扇了几下翅膀追上疏花。

"我们要去哪里？"

"驼骆山。"

"有多远？"

"差不多一盏茶的工夫。"

尽管在天上，也常听人提起驼骆山。疏花、恩香的话被大伙儿听见，个个心领神会。

掠遘方珍草，越高宇园庭，不知多少路程，前方隐约现出一座东南西北走向的大山，疏花一行慢了下来，开始寻找进山的道路。

凌风心急，对疏花说："我们径直过去，何必寻找道路？"

疏花说："擅闯仙境，于礼不合，恐怕会惹上麻烦。"

信哥儿接过话来，说："我刚才看见右下方松柏间似有一处空地，莫非那里有入山的道路，我们不妨下去看看。"

疏花说："也好，你且前去，我们几个随后。"

信哥儿来到前面，向松柏间的那块空处飘去。

驼骆山越来越清晰，朱草茂密，玄芝覆盖，平夷显敞，没有道路，一片片的絮云在松荫间浮荡，是一个渥丹养素的好地方。疏花不由得赞叹说："真是个好去处，天下无双。"

果然是神之山，峰峦层叠，玲珑俊秀；松柏枝叶扶疏，遍覆岩隙。山脚显敞处十几个女子挥袂正舞，见疏花一行踏云而来，十二个女子微笑着化成蝴蝶。

疏花来到近前，弃了云彩与十二只蝴蝶见礼。为首的墨衣蝴蝶介绍说她叫墨染。疏花说，她来自天河岸边的茶山，接着把其他姐妹和信哥儿介绍给了墨染等人。

"怎么得闲来到这里？"墨染问。

疏花说："驼骆山是座奇异的神山，早就想来这里看看，一直没有机会，今夜才得成行。"

"那我们就结伴随处转一转。"墨染热情相邀。

在墨染的带领下，十几只蝴蝶穿过松荫，翩翩飞去。

信哥儿很识趣，飞在她们身后。

半空中看山，视野更加开阔，是一种很奇妙的感觉。疏花对墨染说："云烟脚底，一派祥和，只是缺少些奇崖削壁。"

墨染说："但凡神山均少有危岩绝壁，所以祥和。"

疏花说："原来如此。"

一条秀水从半山腰蜿蜒流下，到了山底与溪流汇合向西北流去。溪水边几个小童正蹲在地上清洗毛竹与竹叶。墨染对疏花说："从这里向上第三座峰峦有一山洞，叫作清凉洞，洞里住着蜂娘贻喜，我们且去拜访一下，也能一饱口福。"

疏花问："怎么看不见道路？"

墨染说："驼骆山与众不同，从山脚至峰顶皆由一个个小峰峦重叠而成，山势挺拔却不险峻，随处可以飞跃而没有固定的道路。"

疏花六位姐妹听了，心里暗暗称奇，茶山虽然横绝天表，却不似这里叠岭众岫。

扇动翅膀，很快他们就来到蜂娘的山洞前面。墨染、疏花等全都化成女子，信哥儿也回归了少年模样。

山洞口几十个小童手执葫芦瓢，将酿好的甘蜜从几十个大木箱中舀出，倒在竹叶上面卷好，再严严实实地装进竹筒。

一位管事的小童看见墨染，上前迎接。墨染对小童说："娘娘在里面吗？"

小童回答说："娘娘正在里面歇息。"

墨染说："烦你通报一声，就说墨染前来拜会。"

小童答应一声，转身走进洞里。很快，他又走了出来，对墨染说："娘娘有请。"

墨染、疏花等整理衣衫，按次序走进洞里。

这是一处宽敞的洞府，最里面有一张卧榻，榻上坐着蜂娘贻喜。墨染、疏花一众跪拜后，在贻喜对面坐下。

贻喜问过疏花他们的来历后，吩咐小童取些甘蜜来招待墨染和疏花各位。小童答应一声立刻出去，很快就端来几竹筒甘蜜，递给墨染和疏花。十八个女子都不推辞，尽情取食。

信哥儿并不喜欢甘蜜，勉强食了几口。

来的都是女子，仅有一个少年，贻喜便问："小童子过来，你叫什么名字？"

少年走过来，在贻喜面前坐下，说："我叫信哥儿。"

贻喜看着他，又问："家在何处？"

少年说："住在归星湖。"

贻喜心生欢喜，对少年说："你天资聪颖，又老成持重，我想把你留在驼骆山，可又怕误了你的前程，只能任你归去，实在可惜。"

少年听了，道声惭愧，急忙跪下给贻喜叩头。

疏花看着少年，心中露出一丝喜悦。她又看着墨染，墨染会意，便向贻喜告辞。

贻喜叫过小童，送墨染他们离开。

出了清凉洞，一路向西飞行。疏花见一峰峦顶上伏着一只白兔，对墨染说："她为何不在僻静处躲藏，偏要蹲在山巅之上？"

墨染说："她叫笄婍，一个人居住。驼骆山任何生灵都不会受到伤害，所以她没有理由躲藏。"

疏花听了，心中十分感慨。

墨染说："我们不妨去和她打个招呼。"

笄婍也看见了墨染，转身朝他们飞来的方向去看。墨染、疏花在笄婍身旁降下。

"笄婍快乐。"墨染率先跟她打招呼。

笄婍还礼说："同喜同乐。"

墨染问："这些日子怎么没看见你去后山采药？"

笄婍说："没兴趣，就不去了。"

墨染说："那可是必须要做的事情。"

笄婍说："那些花花草草的精气都快枯竭了，总得让他们休养些日子。"笄婍虽然有些夸张，但也是实话。

墨染说："那你不会到别的地方去？"

笄婍说："我才不去呢！这里无日无月、无寒无暑，睁眼看山，闭目入眠，除了采药就是采药，我早就厌倦了。不如尘世里走上一回，那该有多有意思！"

墨染听了，说："你贪恋红尘，这个念头怕是已经让神仙知道，早晚会有人来把你送到人间去。"

笄婍低头不语。

疏花听了她们的对话，既为笄婍的想法无奈，又为笄婍的未来担忧。

笄婍抬头看着疏花一行，问："这儿位面生，家在何处？"

疏花说:"我们七个都来自天河边上的茶山,今夜有幸来此闲逛。"

笄婍听说疏花一行从天河边来到这里,眼睛一亮,恳求说:"可否带我去一次天上?"

疏花笑笑,说:"可以,但现在不行,"

笄婍有些失落:"那什么时候可以?"

疏花说:"需要找个机会,也用不了多久。"

笄婍认真地说:"那就拜托了,别让我久等。"

疏花也认真起来:"我记住了。"

笄婍从袖子里拿出一棵玄色灵芝,对疏花说:"相见有缘,送你灵芝一棵,不要见外。"

疏花不好推辞,收好灵芝向笄婍告辞。

转过几个峰峦,墨染说要带大家一起去山顶看看,大家一致同意,便跟在她的身后向高处飞去。

峰顶的上空飘浮着几片桃色云朵,将峰顶涂成柔和的绯色。峰顶前下方有一块不大的空地,松荫下坐着一个五六岁大的小童,他头顶处的短发闪着蓝色的火焰。

众人好生奇怪,一下子安静下来,站在一边默默地看着小童。

疏花悄悄问墨染:"他是谁?"

墨染说:"我也从未见过。"

信哥儿悄悄说:"他是一只孔雀。"疏花、墨染仔细打量,小童果然是一只蓝色的孔雀。

恩香调皮,绕到小童身后,伸手把他头顶的火焰扑灭。

小童睁开眼睛，回头看着她，说："没用的。"

很快，小童头发上的火焰又燃烧起来。殊光流辉，猎猎有声。恩香意识到这小童绝对不可轻视，便退到一旁。

少年来到小童跟前，蹲下身："小弟，信哥儿有礼了。"

小童见是个少年，显得很亲切，站起来说："幸会幸会，我是火孩儿。敢问你从哪里来？"

少年也站起身来，说："从归星湖来。"

火孩儿说："相逢即是缘分，信哥儿吉祥，若方便请你留下来在这里住上几日。"

信哥儿说："我有一桩事情要去嚣口，半路遇上疏花一行，结伴来此不能久留，日后还有相遇的机会。"

"也好，一有机会我就去归星湖找你。"火孩儿倒也爽快。

见信哥儿与火孩儿很聊得来，疏花也很高兴，便问起火孩儿头上的火焰是怎么回事。

火孩儿告诉她，头顶上的火焰是天人所赐，能驱除世间看不见的阴霾。不过此时他的修为尚未圆满，还要修炼一段时光。

疏花称赞不已，说能够在这里见到火孩儿不虚此行。墨染对火孩儿说，疏花一行来自天河，大家来此相聚实在幸运。

火孩儿听了这话，十分高兴，邀约墨染、疏花有暇再来这里。

不便过多打扰，墨染、疏花一众各自与火孩儿告辞。

火孩儿看着少年说："后会有期。"

"后会有期。"少年也是这样回答他。

火孩儿目送少年疏花、墨染一行离开。

驼骆山之旅出乎预料，疏花一行收获了许多福气。

觉得时间差不多了，疏花一行谢过墨染十二姐妹，各自踏上云彩，离开驼骆山，向南而去。

须臾，他们来到一个集市上空，落地后留下恩香守护云彩。信哥儿仍旧化为少年，疏花五位打扮成少女混进在人群里。

一位手拎鱼篓的老汉走进集市，大声吆喝："鲜鱼有卖喽……"

他寻了个人多的地方放下鱼篓，从里面掏出一尾活蹦乱跳的鲤鱼来，立刻就有几个闲汉过来问价。老汉一边搭话一边炫耀自己的好运气，网到一条金光闪闪的大鲤鱼。人越聚越多，最后将老汉团团围住，后面的人伸长脖子，踮起脚跟也要瞧一瞧里面到底有什么稀罕。浮迷、凌风和信哥儿也被他们吸引，三人朝这里走来。

闲汉们垂涎这条奇异的鲤鱼，又嫌老汉要的价钱过高，几番讨价还价就是不能成交。

这时，一位青衣女子出现在人们身后，一边哭泣一边诉说着自己的不幸。人们不再关注老汉手里的鲤鱼，全都转过身来看她。女子说家中婆婆染病，奄奄待毙，临死之前唯一的愿望就是能够喝下一口鱼汤。

一个闲汉听了，说："那你为何不将这尾鲤鱼买回去孝敬婆婆？"

女子听了这话哭得更凶了，说："为给婆婆治病已经卖光了家里所有的东西，如今手里一个铜钱都没有了。"

听了女子这番话，周围的人都起了怜悯之心，甚至挤进人群劝老汉积德修好把鲤鱼送给这个受难女子。

　　老汉受不了他们的聒噪，也开始诉说自己的难处。女子不再诉苦，跪在地上凄凄哀哀不住地哭。

　　浮迭见那女子可怜，也动了恻隐之心。然而她两手空空，老汉又实在无法通融，便叫凌风去做手脚。

　　从别人口袋里往外掏钱对凌风来说轻而易举，她从人群里转了一圈，两手就抓满了铜钱。回到浮迭身边，示意她已经得手了。

　　背过身去，凌风将铜钱交给浮迭。两人挤上前去买下鲤鱼交给女子。女子脸上的哀切退去，她认真打量着浮迭和凌风，说了句"后会有期"便抱着鲤鱼匆匆离开。

　　刚才这一切都被信哥儿看在眼里，他瞧着女子的背影，微微一笑。浮迭和凌风问信哥儿笑什么，信哥儿看看身边没有别人，告诉她们，刚刚那女子也是一条鲤鱼，她是专门来这里救夫的。

　　浮迭、凌风如梦方醒，凌风将剩下的铜钱一把抛向天空。

　　人群混乱之际，三人去找恩香。树荫下，疏花、秀叶、泽采已经在那里等着他们，七个人各自踏上云彩，说着刚才发生着的故事，离开了集市。

　　今夜的天河，星光熠熠，江河湖泊的上空水汽弥漫，水幕珠帘的后面现出水神的白袍银须，烟雾弥漫中一条银白色的蛟龙腾空而起直奔龙门。清歌流响，天乐齐鸣，一朵一朵的絮云在天地之间往来……

　　一位黄冠羽服的仙官从泽采身边不远的地方飘过，信哥儿看见他手上的文案和官服，就知道他是递送文书的符使。若无公务，他不会穿着正式的官服离开紫微。信哥儿不想错过机缘，便使出全身力气跟在后面。疏花几人不知信哥儿为了什么，只得跟着。

仙官去得迅疾，到底还是没有跟上。七个人在半空中里盘旋了一会儿，看见前方出现一座院落。院落中间是一座大殿，正门左右立着两个青衣侍使，三十多个头上系着帻巾的年少考生鱼贯而入。

信哥儿跟着最后一位考生就往里走，却被青衣侍使拦住。

"姓名？"

"信哥儿。"

侍使翻了翻手里的册子："怎么没有你的名字？"

信哥儿知道遇上了麻烦，答非所问："我来晚了。"

侍使竟然没有再追究："进去吧！"其实，侍使十分清楚信哥儿是没有考试资格的，放他进去完全是因为他特殊的身份——天河边上的一只蜻蜓。而那些博取功名的考生全都来自尘世，信哥儿看上去很老成，他进去只是感受一下考试氛围而已。

信哥儿当然老成，然而他身后的六只蝴蝶个个都是麻烦，这是侍使万万想不到的。

侍使关上大门，两人一边说话去了。

这一切都被疏花六姐妹看在眼里，一个个扇动翅膀绕开正门从侧面高墙飞了进去。

大殿前面的空地上摆着几十条长案，每条长案上早已备好笔墨纸砚。信哥儿找了一个空位子坐下，身前身后的考生各自抄起条案上的题签，稍稍浏览后便握笔行文。

信哥儿也学着他们的样子，从容地看了一会儿题签，便握起了毛笔。他先在砚台上面蘸足了墨，笔锋却一直悬在纸上，半天无法落下。

疏花知道信哥儿根本就看不懂题目，更别期望他今天能够写好文章。可既然来了总得有个交代，便开始偷看别人的文案。

虽然看得明白，可她无法将偷看来的内容告诉给信哥儿，凌风、浮迭、泽采、秀叶、恩香也陷入同样的困境。

信哥儿拿着天书一样的题签，看了半天上面好多字他都不认识。勉强把题目抄在纸上，字写得歪歪扭扭根本不成样子。在竹里山庄学堂里谁要敢把字写成这样，先生非把他的手掌骨给打断不可。

无人监考，全凭自律，信哥儿心急如焚，左顾右盼想从别人那里偷看点儿什么，疏花却起了另一种心思。

既然信哥儿考不好，那别人也休想考好。疏花停在一个考生身旁，轻轻触碰他手上的笔杆，考生的字越写越丑。

凌风几人看见疏花做的勾当，如法炮制。结果每个考生都不顺手，涂涂抹抹，几乎所有人的考卷都成了草稿纸。

但只有一个考生功力老道，根本就不受恩香的打扰。泽采、秀叶见了，二人一起出手。考生定了定神，将蘸满浓墨的毛笔放在条案一边。凌风见她三人奈何不得，便扇动翅膀从条案的侧面飞过，故意将毛笔掀倒。笔腹在考生的考卷上滚了几滚，刚才还干干净净的考卷污秽不堪。考生慌忙捉笔，没想到又碰翻了砚台，墨汁四溅，污了另外几张考卷。考生急忙去擦，顷刻间写好的几张考卷全部烂掉。

这时考官从大殿里走出来收取考卷，疏花六位赶忙退到一边，悄悄地飞过高墙，站在远处专等信哥儿出来。

考生们走出大门，一个个神情沮丧。信哥儿跟在那位污了考卷的考生身后，那位考生回头看了一眼守门的侍使，无奈地离开了。信哥儿也很郁闷，疏花过来叫他："赶紧离开，一会儿被灵官发现可就麻烦了。"

信哥儿紧走几步，踏上云彩，七个人很快就消失得无影无踪。

蛙鸣汀渚，鹳鹊游天。午夜并不平静，所有经过的地方，没有睡去的生灵、花草树木全都看着他们。北天之上，层殿弘侈，玉栋金梁，青云缭绕，星座耀着清辉在他们头顶的上空缓缓移动。凝神细听，天河岸边有人窃窃私语。

娱游来往，放迹八荒，疏花却有了一种不安，她停下来，问凌风："好像是金鼓的声音，我们是不是该早点儿回去？"

凌风闭上眼睛听了听，说："放心，那不是在召唤我们。"

疏花说："我知道，那是在召唤天下得道的神仙。我的意思是，万一值辅找我们咋办？"

浮迻并不在乎，说："都知道我们散漫惯了，值辅不会认真的。"

疏花想了想，说："还是小心为好。"

泽采没有玩够，便说："天河边上能飞的有多少都去了凡间，少我们几个根本就看不出来。趁离天亮还有一段时间，我们再去一个地方。"

恩香也说："因为看护云彩，我还没有玩够。"

秀叶说："刚才经过一处野圃，那里有许多我没见过的四脚生灵，叫声十分特别，我们看看就回。"

见她们还有些兴趣，疏花想想也觉得没有什么不妥，就答应下来。

秀叶在前，其余六位跟着她往回飞去。

他们飞进一处池苑，却没再看到刚才的四脚生灵。

疏花打量着这个赤梾填坡，鸟兽屯萃的地方，坡上树林蔚然，深苍处似有红墙掩映，坡下几只白羊卧于在碧草之间，视线的尽头是一片茫茫大水。天风过后，罗衣生寒，恩香独感不怡，对疏花说："这个野去处实在没什么意思，不如早点儿回去吧！"

浮迭说："这里花香扑鼻，竹韵依依，湖水碧苍，奇石卧地，既然来了就不可空过。"

秀叶说："那我们就揄衣腾转，舞起来吧！"

一时，信哥儿受邀击节。婳娟婉转，六只蝴蝶边舞边歌。

皇穹大道，

赋命难均。

曦灵东胜，

琼钩西沉。

天祚骄女，

任性不群。

各宜其志，

芳泽纷纶。

天之悠悠，

地之迢迢。

河汉朗朗，

潮浪滔滔。

登危越险，

蝶儿逍遥。

三乐为欢，

莫负今宵。

须臾，东方发白，金鸡报晓。疏花来到信哥儿面前："相聚有时，奈何鸡啼。临川客子，路险且夷，珍重。"

信哥儿冲她笑笑："后会有期，珍重。"

疏花、凌风、秀叶、泽采、浮迷、恩香后退几步，转身化回蝴蝶，翩翩而去。

披着清晨的露珠，信哥儿蹁跹归来。风月清淡，清凉草香，六角亭前，两位小童正在嬉闹。信哥儿飞进茅亭，看见自个儿正在默坐，往前一扑变回少年。

两小童玩得正快乐，看见少年归来，个头稍高，头上梳着四个鬓髻的小童走上前来对少年说："信哥儿，我家主人有请。"

少年带着疑惑问："你家主人是谁？"

"我家主人青芒居士。"

既然刚才疏花六姐妹能把自己交给这两个小童看护，那青芒居士绝非等闲。他仔细打量两位小童，问："你家主人在哪里？"

另一小童看着茅亭外，说："我家主人来了。"

少年赶忙站起，一位头戴帻巾、身着青色长袍的长者已经来到跟前。

"吾乃青芒是也。"青芒说。

少年躬身行礼："老丈万安。"

青芒拉着少年，两人在茅亭里面坐下。

"信哥儿，我叫小童在此等你，是有一件事情有求于你。"

"愿听老丈吩咐。"

"小儿鳞蟒两年前遭遇山火，身染沉疴，同路中人指点只有天河水可救，然我辈无缘获取。思之再三，恳请信哥儿为我家小儿求些天河水，我这里有一颗宝珠相送。"

青芒从胸前佩戴的念珠上取下一颗大的珠子，双手捧与少年。

少年连连摇手："老丈，我还没为你做点儿什么，怎能就先拿你的东西。再者，即使我能够帮你，也不敢要你的宝珠。"

青芒见他这么说，重新把宝珠系了回去。

少年陷入沉思。

"信哥儿，你还没有回答我的话。"

"老丈，我真不知道该怎样才能帮助你。"

"信哥儿，我家住砀山，疏花说你要去嚣口，我便提前三天来到这里等你。疏花说你一定能有办法。"

少年心想，既然疏花都这么说，还真的不好推托。可自己没有任何神仙可求，看来只能请青牛星帮忙了。他对青芒说："让我试试。"

少年双手合十，心里默默念诵。

一个星座从北天向这里移来，在茅亭前的上空停住，青牛星站在云端看着少年："信哥儿，这么急着见我为了什么？"

少年出了茅亭，跪在地上，心里回答："青芒家鳞蟒病势沉重，我代他求些天河水解厄。"

青牛星告诉少年："青芒也是个善士，理应救治。让他小儿每日午时，面向西南饮天河水，四十九日为限。"

少年替青芒谢过，青牛星转身离开。

青芒不知道少年跟青牛星都说了什么，只能默默地跟着少年跪在一边。待青牛星离去，两人站起，青芒对少年说："信哥儿，鳞蟒可有救？"

少年把青牛星的交代原原本本地告诉给他，青芒感激不尽。

人海尘途中，看似偶然相遇，其实都有千丝万缕的因缘，少年帮助了青芒，也感受了青芒的真挚与热情。

青芒说，这里离嚣口还有两天的路程，让少年尽可能不要走夜路。

少年答应下来。

青芒叫过两个小童，要他们日出之前再送少年一程。

晓风轻拂，竹叶摇荡，藤萝碧翠如黛，青芒道声珍重与少年作别。

两小童以心悦诚服的目光看着少年，说："信哥儿请了。"

少年从圆桌上拿起包袱，背在身上与两小童走上大路。

"信哥儿什么时候回来？"一个小童问。

信哥儿说："明年的这个时候。"

两小童眼睛眯缝着，看着前方，互相说着话。

"大河边上空荡荡的，一个人也没有。"

"河面上有些云气。"

"一条鱼飞起来了。"

"她变成了一个婆婆……"

少年知道小童能看见很远很远的地方，因为他们都有一双慧眼。他们两个看似很小，其实已经三四百岁了。

往东又走了一程，红日东升，两小童这才与少年分开。

十　地真劫

妙法出离困厄，资扶化解咸泉。

道契金祇有信，天符赖善归元。

两天后的下午，少年到了嚣口。

这是个有着一千多户人家的老镇子，规模和竹里山庄差不多，一条官道将老镇子分成南、北两大区域。少年站在一个路口，看着似乎熟悉的街景。

已是中午，街上行人很多，店铺与流动商贩都忙着各自的生意，他们的衣着和口音与归星湖没有什么不同。少年忘记了颠沛流离带来的疲倦，忘记了几天前的那场风波，忘记了与亲人分别的忧伤。再过一会儿就可以找到道观，有了落脚的地方，一切都在朝着好的方向发展了。

少年在一个卖熟菱角的摊贩面前站住，他很想买上几个菱角吃。卖菱角的汉子见少年背上背着包袱，就知道他是外地来的，更加卖力地吆喝起来。

"菱角，又香又甜……"

少年知道自己包袱里只有一串铜钱，是不可以胡乱花掉的。菱角是少年最喜爱的东西，在归星湖山口外的湖泊里很容易捞到，根本就不用花钱去买。少年于是转身走开，去不远处的摊位上买了几个菜团子装进口袋。

嚣口的大街上到处都生长着枫杨树，除了枫杨树，还有为数不多的苦楝树。树荫下，少年一边打听一边前行，道观就在前方不远的山林里。

出了镇子，少年来到山脚下。浓荫绿丛遮住了他的视线，找了好半天，就是找不见道观。

少年看着满山的竹子，想了想，又返回了官道。往东又走了三四里地，他看见一条大河。大河很宽，由西南一直流向东北，一个还算年轻的摆渡人坐在大河边上歇息，少年从他那里打听到了道观确切的位置。

道观就隐藏在官道西北的山林里，在一个低矮的山坡前面。

按照摆渡人的指点，少年沿着一条小路朝山林那边走去。荒草丛生的小路看上去很少有人通过，有些地方还布满了藤蔓。毕竟通向自己要去的地方，少年心里不再惶惑。

绿意浓浓的山坳里，隐藏着一座不起眼的道观，少年仔细查看，低矮的围墙里只有一座大殿，后院围墙边上左右各有两间厢房。

没错，就是这里，少年一下子松弛下来。

山门关着，没有落锁。少年站在门口，希望有人出来。

　　过去很长一段时间，道观里面还是没有一点儿动静。

　　少年等不及，推开山门，迈步走了进去。他在香炉前站定，看清了大殿上的匾额——救苦殿。

　　推开虚掩着的门，少年走进大殿，在太乙救苦天尊神像前跪下，默默祈求天尊护佑。

　　走出大殿，少年转向后边，去寻找道长。

　　整个后院长满了荒草，围墙边上有一口断了井绳的水井。东侧一间戒堂、一间卧室，窗上飘着蛛网，看样子已经很久没人在这里居住。西侧一间斋堂、一间厨房，虽然日常使用的东西都在，但早就没了烟火。

　　一路走来，一路寻找，远近只有这一处道观，少年相信这里就是他此行的目的地。站在院子中间发了一会儿呆，少年走进卧室，放下背上的包袱便开始打扫屋子。

　　在厨房的一个角落里少年发现了一条绳索，上面还连着一个水桶。少年知道这是用来提水的，有了水就什么都好办了。

　　就着刚提出来的井水，吃了两个菜团子，少年又来到外面。这附近似乎没有人居住，远离人烟，一个人的夜晚实在不好过。直到这时，少年才感觉到了孤单。他很想到山林里转一转，或许能够找到一户人家，幸运的话今晚被人留宿。然而现实是，除了这里，他再也没有发现别的去处。

　　夜晚的山坳很寂静，静得人心里有些发空。少年闩好门，将麻被铺开躺了下来。

　　第二天一早，少年去了罂口。还没到晌午，他回到道观时，肩上背着一条鼓鼓囊囊的大口袋，手上还提着一个盛着油盐和各种家什的柳条筐——要想在这里长期生存，这些东西都是必不可缺的。

荒山野岭，他还是在这里安顿了下来。除了孤独少年并不恐惧，他很清楚，大不了重新做回蜻蜓，回到天上去。

少年听人说起，道观里曾住过一个道人，已经离开一年多了。

他盼望能够有一个人与他相伴，一个人实在寂寞难耐。

烧火煮饭，少年填饱了肚子。看看天色，太阳正好在头顶上，少年又去了大河。

摆渡人不知哪里去了，河滩上再也看不见别的人影。整整一个下午少年徘徊在大河边上，孤独地看着河水拍岸、飞鸟游云。尽管是青牛星做的安排，可少年还是有些恍惚，怀疑自己那天夜里是不是出了幻觉。少年不确定自己是不是真的需要在这里留下，也不知道未来的日子怎样度过。尽管如此，有一点还是明确的，离开竹里山庄，躲过目前的灾祸是自己唯一的选择。

少年想不到，远古时候，天河边上的一个少年也曾来过这里。他叫璞，想从这里渡河去寻找一位仙子。然而他遇见了离开天河的鼋婆和变女，璞改变主意与变女去了大峡谷。天地河水贯通的日子，璞与变女又回到了大河。鼋婆带着他们从这里溯流而上返回天河。他们离开之后，一条黑鱼化成船家在这里修行了很久很久……

太阳快下山了，一抹红霞涂在西天边上，雾霭茫茫，山林率先暗了下来，很快就成了一片深黛色的剪影。

他又想起了天河，那是段无忧无虑、自由自在的日子。天河边上那些蜻蜓、蝴蝶无拘无束，逍遥自在，从没有动过流连红尘的念头，就连自己也没想过会到尘世上走这一遭。那天他不知为什么就跟着风神出了天门，风神没有注意到他，他也没有心思继续追随，任由自己在虚空游荡。假使他没有被那位掌管降生的娘娘发现，或许就没有后来的这么多不寻常的经历。那时，娘娘将两条玉臂平伸过来，他像是受到了感召，很快就飞到了娘娘的手心。娘娘心生怜悯，对他说，既然来了就不要到处游荡，好好在红尘里走一回吧！

娘娘目光慈悲，他无法拒绝，告诉娘娘愿意听从安排。娘娘将他装进衣袖，不使他看见来时的道路，随后把他带上一处山崖。

他停在山崖上，云雾缭绕，什么也看不见。他问娘娘要把他送到哪里，娘娘笑而不答，手里的扇子一挥，他随风荡下了山崖。

这一刻，阿母家里就有了一个孩童。

陆陆续续有几个男人、女人从大河边经过，他们全都往镇子的方向去了，没有一个人走上去山里的道路。少年沉浸在夏天傍晚特有的宁静之中，沉浸在远离亲人的孤独之中。

太阳隐去了最后一点儿光辉，少年转身往回走。

回到山坳，天完全黑下来了。夜色中，大殿外站着一位青衣长者，少年以为是道观的主人回来了，赶忙上前行礼："晚生拜见道长。"

长者摆摆手说："错了错了，我不是什么道长。"

既然不是道长，为何这个时候来到这里？少年有些疑惑。

"老丈是不是在等谁？"少年试探着问。

长者对少年说："我在等一个从归星湖来的人。"

少年觉得长者有些来历，回答说："老丈等的人就是我。"

长者又问："你叫什么名字？"

少年回答："信哥儿。"

长者说："不错，那就是你了。"他叫过少年，两人走进大殿。少年伸出双手在神像前的桌子上摸索蜡烛，长者赶紧将他止住。两人在太乙救苦天尊神像前面对面坐下，长者讲述了一个世人难以想象的故事：道观后山蛰居着两位白鳞地真，体长数丈，四爪双角。一日夜里，天降豪雨，土石崩塌。为护佑山民，两位地真作法阻挡，怎奈石土下泻如潮，将两位地真掩埋。由于两位地真的阻挡，石土在山坡下面形成一道坡脊，未能冲毁山坡下的房屋。山民幸免于难，两位地真却被埋在地下百年不能出世。幸有鸟兽护佑，为两位地真衔水投食于坡前，两位地真食其精气苟存至今。两位地真福薄，土石之厄难脱，须得人力为其禳解。上天垂慈，送少年至此，为两位地真拈香祈福，获此功德，期年之后两位地真方能脱厄重归世上。

少年知道面前的长者肯定是位神仙，慌忙跪了下去，再也不敢抬头。

长者又说："目下这里虽然只有你一人，但青牛星每时每刻都看着你，你不必感到孤单和害怕。再者，你有事情我自当关照。"

听了这话，少年拨云见日一般醒悟，说："谢谢神仙教诲，我不会辜负上天的期望。"

长者起身，说："信哥儿，我是这里的土地，还有别的事情要做，就此归去。这里的主人很快就会回来与你相伴。"

土地站起，朝门口走去。

"恭送土地。"少年冲着土地的背影叩头。

待少年跑到外面再去看时，夜色茫茫，土地早就没了身影。少年大步走回后院，一路上都在嘲笑自己曾经的胆怯和无能。

这一夜，他睡得很踏实。

醒来已经是到这里的第三天，一大早少年就出了道观，一个人朝山坡下边走去。他仔细查看，到底哪里是压在地真身上的那道山脊。毕竟过去百年，村庄已经搬离，当年的地貌也发生了很大的变化。但少年相信他一定会找到那个地方。因为他有这个灵性，何况冥冥之中还有人指引着他。

走出不远，少年停了下来。前方一道突兀的坡脊引起了他的注意，那里弥漫着淡蓝色的肃杀之气。放眼望去，远近再无类似之处。少年心中一紧，快步朝坡脊走去。

登上坡脊，他感受到了非同寻常的肃穆，一种压抑感从心底升起。两位地真就在脚下，他们快一百年没有看见天日了。只需一年，三百六十天，他们就能再次现身世上。少年知道，自己必须有所担当，认真地完成自己的使命，不能有丝毫懈怠。坡脊不算太长，少年很快就来到了尽头。

两棵低矮的柏树一左一右长在坡脊两旁，少年猜测那应该是地真双角的化身。他伸出手，轻轻地碰了碰柏树的枝条，心中说："地真，我来了。"

他闭上眼，用心去感应，希望两位地真能有所回应，遗憾的是并没有任何回应。

少年有些遗憾，慢慢地走下坡脊。他在坡前的平地上坐下，闭上眼睛，默默为两位地真祈祷。

一大片云从西天边涌起，顷刻间遮住了太阳，大地立刻暗淡下来。风摇动着山坡上的树木，远处传来隆隆的雷声。

暴雨如注。

少年坐在地上一动不动，想象着两位地真拯救山民的那个雨夜。

蒙蒙水雾中一道霹雳耀出可怕的光芒，山顶上的土石膨胀开来，随着恐怖的呼啸声，花草树木被山石裹挟着从山顶汹涌而下……两位地真像是滑倒的巨人，翻滚着企图稳住向下崩塌的土石，然而几经挣扎，最终还是被下泻的泥水土石彻底掩埋。

天地重归平静，崩塌的土石在平缓的半山坡下堆积成一道新的山脊。山民们庆幸着逃过一劫，选择了搬离，他们不知道下一次还会不会有这样的幸运。当然，他们更不会知道两位地真为护佑他们被埋在这道坡脊之下，融入了长久的幽暗之中。

两位地真挣扎脱身，几番努力全都失败了。一声叹息，他们所有的豪情、所有的意气如烟如梦，渐渐淡去，最后消失得无影无踪。但，他们知道这是劫数，重见天日的机会早晚一定到来。

一年又一年，无穷无尽的等待。

少年睁开眼睛再去看面前的坡脊，他试图发现点儿什么。这时，头顶上空传来一声炸雷，黑云从中间分出一道裂隙，犹如一条白色的玉带横挂在天幕上，山坡瞬间亮堂起来。少年立刻有了感应，再去看面前的山脊，那里弥漫着的肃杀之气全部消散，地上的花木也受到了鼓舞，欣欣然全都露出了喜色。

云慢慢地变薄，雨越来越小。天空那条白色的玉带完全融入湛蓝的苍穹。少年站起身，朝山坡下走去。

晴光素彩，光照宇宙，一股庄严、神圣的气息笼罩在少年心头。脚下的青草和身边的杨柳都特别光鲜和有生气。

第四天，吃完早饭少年坐在山门外朝远处看，他觉得道观的主人今天就有可能回到这里。

临近中午时分，山脚下走来一个人，越来越近，少年看清了，是一个四十多岁的男人。

少年迎着男人向山坡下走去。

束发盘髻，青色长裾，男人手里拎着一个包袱，背上还背着一个铺盖卷。

他在少年前方几步远的地方站住，打量着少年。

少年弯腰给男人拾礼："晚生拜见道长。"

男人问："你是哪里来的？我从来没有见过你。"

少年答："我家住归星湖，几日前来到这里。"

男人问："你来这里做什么？"

少年答："我想在这里修行。"

男人笑笑："原来如此。"

少年问："先生愿不愿意把我留下？"

男人答："神光拥护守心人，不失凡身得道身，跟我来吧！"

少年欢欣鼓舞，跟着男人走进山门。

男人名叫符让，家住在附近庄子里，几年前才来到这座道观修行。数十年前，一位不知名的隐士自己出资建了这座规模很小的道观。那隐士羽化后，陆陆续续又有几位道士上山居住、清修，符让是最后的一位。

在所有修行的人里，符让明显有些不同。他没有拜入任何门派，绝弃世务，修习玄静，独自做起了隐士。去年，家父身体欠安，符让离开道观回家侍奉，直到今日才得以回归山林。

没读过多少书的符让在山里做起了隐士，庄子里的人嘲笑他附庸风雅、故弄玄虚，也有人说符让是为了逃避赋税才跑去了山里，但没有人知道符让的修为究竟有多深厚。

符让当然知道人们对他的议论，但从未把这些放在心上，除了定期回家看望父母，取些米面油盐，再就是朝夕焚香勤礼，子午静坐课功。山林里的寂静成就了符让，也使他的性情愈发地孤傲。

符让没有朋友。

少年的到来的确给符让带来了困扰，但符让并不排斥，他要少年和自己同住一间卧房，但少年还是坚持去戒堂里居住，符让只得应允。至于少年如何修行，修行得怎么样，那都不是自己该管的事情。

符让低估了少年，竹里山庄乃至归星湖所有熟悉少年的人都是如此，他们眼里的少年多少有些愚钝，不能说，不会道，一辈子都不成器。

少年每天须打扫道观，生火做饭，农忙时去附近的庄子做些农活儿赚钱维持生计，每天晚上自己练功。

少年对这些都不在意，他心里的目标只有一个，盼望压在山脊下的两位地真能够早日解脱，自己不负使命。少年做的事情无人知晓，他不去说符让当然不会知道。

安定下来后，少年还有一件重要事情要做：他写了一封书信，利用出去做活儿的机会托人交给阿翁，把自己的落脚处告诉阿翁。

顺风顺水，一副美好的生活图画在少年面前展开。

一天夜里，符让突然来了兴致，想要看一下少年有没有在练功。他悄悄地来到戒堂，侧耳去听里面的动静，可听了半天，里面一点儿动静都没有。符让有些奇怪，莫非少年不在戒堂里？他转身去大殿寻找，少年也不在那里。符让回到戒堂门口，故意弄出些动静来。

少年说话了："先生进来吧！"

符让推开门，走了进去。

少年站起身说："我刚刚转来，这就点上蜡烛。"

烛光下再看少年，符让有了一种非同寻常的感觉。他示意少年坐下，两个人开启了面对面的谈话。少年把离开归星湖的原因告诉了符让，但还是隐瞒了土地交代给他的事情。这个夜晚的畅谈使符让对少年有了新的认识，他觉得少年未来可期，应该给这个同路中人一些指点和关照。

在后来的日子乃至离开道观的时候，少年留给符让的印象始终是一个尚未入门的修道者。

少年的空灵，符让是根本发现不了的。犹如普通人感慨天幕上的闪闪繁星，皎皎明月，只见清净、光明、虚白、朗耀的辉华，难识杳杳、冥冥、昏昏、默默的寂灭。

符让留给少年的印象不错，毕竟符让的根基不是很深，尘世上几年的清修不能期望他能有多高的建树，他能有今天这样的境界其实已经很难得了。

神通恢廓，智慧开明，非朝夕之功。

一年之后，少年动了回家的心思。每当黄昏到来的时候，他就会站在山门外，对着天边的晚霞发呆。暮鸦声声，少年感到了疲倦。两位地真已经脱离苦厄，少年不知自己留在这里还有什么意义。夜空望月，遥想筱园，此时正当花开红紫、叶浮碧翠的时节，还有古碧清明的天河，衣袂飘飘的神女……

他又想起了可亲可怜的阿姐。那天，阿翁让少年去山口外接她，她没有来。少年走出庄子回头看她时，阿姐就跟在身后不远处，凉风吹散了她额上的散发，万缕柔情在她心上纠结。悲苦凄伤，无依无靠，她就像一片离开枝头的花瓣，在风中飘零。

逃离归星湖那个晚上，匆忙中阿翁没有告诉少年，阿姐为了救他，将多年积攒的十串铜钱全都拿了出来。

不管什么时候，只要想起阿姐，少年的心就像一堆枯黄的蔓草。他决定回到归星湖，回到阿姐的身边。说走就走，少年十分坚决。

离开道观那天，符让把他送出山门，告诉少年随时都可以回来，那间屋子会一直给他留着。少年带着舒愉的笑容向符让告别。

白云絮飞的天空，苍苍茫茫的大河，多少让人有些留恋。

离开道观，他又去了那道山脊，花香阵阵，太阳照在草地上，坡脊上的两棵柏树淡化于弥绿。两位地真早已飞升，留下的影子融合在明亮的天光之中。

两位地真没有去见信哥儿，他们去了大河。由蛟化龙，他们还没完成最后的蜕变。河神接纳了他们，在水府龙王的加持下，道果圆成。

一个午后，阿翁家门口站着两个少年。

两个少年看上去与信哥儿一般大，身穿青色粗布长裙，足蹬草鞋。阿翁从地里干活儿回来，两个少年拱手行礼："老丈，万安。"

阿翁赶紧还礼："两位小倕怎么称呼？"

"我叫长濑，他叫飞潭，与信哥儿在罂口相识。"一个少年说。

听说两位少年与信哥儿有旧，阿翁赶紧邀请："请二位进屋一叙。"

长濑、飞潭也不推辞，跟随阿翁走进院子。

阿翁要两人进屋喝茶，两人说要在外面坐坐。

三人找了个干净的地方坐下，长濑说："我和飞潭一直在罂口居住，因为一场豪雨困在山脚下多年，多亏信哥儿相救才得以脱身，我兄弟二人特来府上相谢。"

阿翁说："你兄弟二人气度不凡，信哥儿与你等交往，幸甚幸甚。不知信哥儿什么时候才能归来？"

长濑说："信哥儿已经在路上了，指日可待。"

阿翁听了，一阵欣喜："二位不如在我这里暂住几日，待信哥儿回来再去不迟。"

　　长濑说："我二人还要去一趟归星湖，不能耽搁，就此作别。"

　　阿翁说："既然如此，我就不勉强了。你俩小坐，我去去就来。"他站起身，走进屋子，很快就抓着两串铜钱出来。

　　"两位小侄，初次相见马上就要分开，这点儿铜钱带着路上用。"

　　长濑、飞潭连忙站起身推辞："我二人不食人间烟火，带着无用。"说完二人后退一步，冲着阿翁长揖作别。

　　两人走出院子后，倏然不见。

　　阿翁这才明白，长濑、飞潭绝非寻常之人。

十一　沔水埝

擅美深识侈绘，合德适遇英媛。

一日从君远适，红霞渌水花田。

离开道观两天后，少年又望见了沔水埝。

这是个只有几百户人家的小镇子，一条东西走向的街道将小镇分成南北两部分。抬头看看日影，快到吃午饭的时候了，少年饿了，想找户人家讨点儿吃的，然后抓紧赶路，黄昏时分就可以到达大峡谷。已经一年没有见到士孙鉴了，可以在那里住上一夜。

少年有些困惑，此时镇子里冷冷清清，家家户户柴扉紧闭，一个人影都没有，透着少有的诡谲。不过，比起这诡异的安静，最让少年忌惮的还是沔水埝男人手里的棍子，齐刷刷一般粗细，抡起来呼呼风响。

一年前，少年到达沔水埝的时候已经是黄昏，几个女人正站在街边吵架。吵着吵着几个女人就撕扯到了一起，一个女人很快就败下阵来朝自家院子里逃去。院子里的男人大概早就听见街上的动静，拎着胳膊粗的棍子从院子里跑了出来。女人跟在他的身后，哭叫着指认欺负自己的女人。男人哪有心思去辨别，冲到几个女人跟前，抢起棍子就打。一个女人被他打得头破血流，瘫坐在地上呻吟，另外几个被吓得四散逃命。

少年想赶紧躲开，身前身后却不知从哪里冒出许多手拎棍子的男人来，少年被夹在当中。女人间的撕扯顷刻间演化成几十个男人的打斗，街上不时地响起一声声凄厉的叫唤。少年看得心惊肉跳，前去不能后退不得，只能凭自己的机灵在棍子够不着的地方闪展腾挪。比起归星湖的人，这些人确实敢下手，带着置人于死地的凶残。一个瘦小男人顶不住了，拖着棍子就跑，却迎面撞上一个男人。那男人抢起棍子就砸，瘦小男人肩头重重挨了一下。他惨叫一声，丢了手中的棍子，肩膀明显倾斜了。男人丢下他，棍子又朝别人劈了下去。瘦小男人倒在地上不住地哼哼，少年怀疑他那地方的骨头是不是已经被打断了。这时一个胡子拉碴的男人发现了少年，棍子带着风声横扫过来。少年灵巧地躲开，仗着胆子从他旁边跑了过去。

乱棍之下，少年幸运逃脱。他一直朝镇子东头奔去，直到听不见棍子相碰的声音才停下来。

不期而遇，少年见证了人性的丑陋和歹毒。这个傍晚，汨水埝给少年留下了深刻的记忆。

今天，汨水埝异常的安静让少年感到惶惑。他不想看见一堆一堆的人，却又希望看见人，好向他讨点儿吃的东西。

　　整条街快过去一半，谁也没有碰见，只有几条野狗漫不经心地溜达着。

　　他的胆子大了起来，左顾右盼着。

　　街道北侧，一户人家的门口坐着一个女子。少年朝她走了过去。

　　女子低着头，没有理会走过来的少年。

　　少年在她前边几步远的地方站住，希望她能看见自己。

　　过了半天，女子仍旧没有抬起头。少年不明白，她怎么一点儿反应也没有？

　　少年来到女子跟前，蹲下来，他发现了女子的异样：她和自己一般大，也是十四五岁的样子，衣裙合体。可她眼神呆滞，脸上一点儿表情都没有，像个癫子。

　　少年心生怜悯："可怜的癫子。"他想离开，可不知为什么没有迈开脚步。

　　天色很好，可有点儿风。女子的头发被风吹拂起来，显得有些乱，一缕头发甚至遮住了颜面，但她就是不知道用手去捋一捋，任其随风舞动。

　　少年向院子里望去。这是一户寻常人家，只有三间破旧的茅草土屋。看样子这里不是女子的家，她很可能是个流浪的痴愚人。少年眼中满是怜悯，站在女子旁边一直望着她。女子的悲凉，使少年陷入了莫名其妙的牵挂与不安之中。

　　女子一动不动地坐着，大概她和自己一样正在忍受饥饿。少年知道自己帮不了她，心中很是无奈。

他刚想离开，就听见了门响。少年朝院子里望去，屋子里走出来一个婆婆。

婆婆也看见了少年，一边朝门口走过来，一边问："小哥何事？"

"我路过这里。"

"小哥哪里人？"

"归星湖。"

婆婆显然知道归星湖："你一个人走这么远的路？"

少年："是的！"

婆婆仔细打量着他，不再说话。

少年："我饿了，婆婆可方便给我一点儿吃的？"

婆婆看了看坐在地上的女子，对少年说："也好！你跟我来吧！"她拉起坐在地上的女子。

婆婆朝院子里走去，女子迈着小碎步跟着婆婆，少年走在最后。

女子走路的姿势很好看，带着一种出身名门的端庄和骄傲。这个通身上下都流露着富家痕迹的女子怎么会与贫苦的婆婆生活在一起，又是什么原因使她变成了现在这个样子？

如果没有看见她刚才的样子，谁也不会相信她是个癫子。少年心中有些酸楚，他为女子糟糕的境遇而难过。女子不应该是这个样子的，她好像枝头上的花朵，在风中轻轻地摇荡。少年的心一下变得迷离恍惚，这世界上的事有谁能说得清楚呢？

拉开屋门，婆婆带着他俩走进东面一间屋子，女子低头靠墙站着，婆婆安排少年在食案旁边坐下，问："你一个人离家这么远做什么？"

少年实话实说："我在大河边上一座道观里修行。"

婆婆不再问话，转身出去拿吃的东西。

屋子里只剩下女子与少年两个人。

女子的长发垂下来，纷纷扬扬遮住了她瘦削的肩头，少年一下子想起了阿姐，心中十分凄怆。

她不是个痴愚人，少年相信自己的判断。可她为何是这个样子？她和婆婆又是什么关系？这里面一定有什么不为人知的原因。

少年觉得自己该为她做点儿什么。

"你叫什么名字？"他问。

女子像是没听见，一点儿反应也没有。

少年盯着她看。

女子像是有意回避他，扭脸看着别处。少年更加相信自己刚才的判断，他站起身，转到一个合适的角度，依旧看着她。

这时，女子抬头看了少年一眼，又低下头去。少年明显地感觉到，女子并不反感他。

婆婆端着托盘走进来，那上面放着几个菜团子。婆婆拣了一个递给少年，又拣了一个递给女子。女子一声不吭，很快就将一个菜团子吃了下去。少年吃不下，他想弄清楚一切。

"婆婆，她是你什么人？"少年问。

婆婆说："不是我什么人，几个月前她不知从什么地方来到这里，我收留了她。"

少年问："莫非她天生就是这样？"

婆婆说："从来没听她说过一句话，怕是个哑子。"

少年想了想，说："婆婆！我想试一试，看看她到底能不能说话。"

婆婆十分高兴："如果她能够开口说话，可是天大的好事情，不知你有什么法子？"

少年说："只要她坐下就行。"

婆婆听了，来到女子身旁，牵着她的手，要她在食案旁边坐下。少年转到女子身后，右手食指指尖在女子头皮上画了几下。

过了一会儿，女子长出了一口气，竟然哼出声来。

少年并未停下，指尖又按在女子前额的上方。

女子的眼里有了神采，终于说出话来："放开我！"

少年收手，往后退了一步。

女子站起身，警惕地看着婆婆："你是谁？"

婆婆说："小娘，你在我家住了几个月，怎么倒问起我是谁来？"

女子说："我不知道。"

婆婆说："你清醒了，该谢谢这位小哥，是他让你醒过来的。"

女子转身看着少年说："多谢了。"说完这句话，她又低下头去，不再说话。

婆婆走上前，拉着女子："小娘，跟我讲讲，你是谁？从哪里来？"

女子的目光黯淡下来，脸上又失去了神采。

婆婆看看女子，又看着少年。

少年也没了主意，他只有这一点儿本领，还是去尘公传给他的。

婆婆拉着女子重新坐下，问少年："能不能再试一次？"

少年告诉婆婆，只有这一次。

婆婆试着问女子："你觉得怎样？"连问了几声，女子像是没听见，一点儿反应也没有。

婆婆很失望。

少年比婆婆还要失望，他知道自己再没有别的办法能让女子清醒过来。

屋子里一片寂静。

这里距大峡谷还有很远一段路程，赶路要紧，少年决定离开，揣起菜团子向婆婆告辞。

婆婆已经把少年当成了救命的菩萨，她拦住少年，要他想办法再救一救女子。

少年虽然为难，也愿意再试一次，他也不想前功尽弃。

婆婆心中充满了期待。

少年解下背上的包袱，放在一边。他闭了眼睛，一个指尖按住女子头顶。婆婆的目光游移在女子和少年之间，她有些奇怪，虽然少年的嘴唇轻轻地动，却听不清他在说什么。

女子突然哭出声来，少年即刻收手，他知道女子完全清醒了。

一扫心上的阴霾，婆婆不再焦虑，她很清楚自己该做什么。她一把将女子揽在怀里，任由女子去哭，让女子心中的风雨尽情地激荡。

女子哭够了，把她的经历告诉了婆婆。

她叫柳吟，阿翁在州里做官，因为直言获罪，全家被流放到遥远的岭南。离开原籍二十天后女子染病昏厥，再后来的事情她一无所知。

婆婆告诉柳吟，她是一个人来到沤水埝的。那是一个黄昏，女子一脸污垢，被几个小孩子围着捉弄，婆婆恰好赶上，把她给解救了出来。婆婆试图了解她的身世，可她不但神志不清，而且还不能讲话。婆婆以为她天生就是个哑子，便托人打听哪里走失了一位不会讲话的女子，几个月过去却一直没有结果。

柳吟听了，跪倒在婆婆面前，感谢婆婆收留之恩，表示愿意留在这里一生侍奉婆婆。

婆婆有些为难，柳吟已经饱受磨难，既然家人还在，就不能让她一辈子承受骨肉分离的痛苦。婆婆想把柳吟托付给少年，既然柳吟因为少年而获得新生，那就说明两人注定有缘分。至于未来如何，那就看女子自己的福分了。

少年知道自己担不起这份责任，急忙推辞。

婆婆一时没了主意。

柳吟看着婆婆，眼里带着祈求。

婆婆对少年说："我担心的是，你这一去，柳吟又失去神志。除了你，没人能使她清醒过来。如果不是遇见你，柳吟这辈子很可能就毁掉了。"

柳吟听了，珠泪滚滚。

少年表示，如果柳吟愿意，他愿意送她去岭南与父母团聚。这不是认真思考后的承诺，他说得很随意，能否兑现还不一定。婆婆笑了，说那还得看柳吟的造化。

婆婆告诉柳吟，聚散全凭缘分，遇见少年，是她的缘分。

柳吟点头认可，她去了另一间屋子，想要梳洗一下，找回过去那个柳吟。

不一会儿，柳吟重新出现在少年面前。在一头青丝映衬下，柳吟的脸凝脂一般白嫩，两道弯眉下目光哀哀而温柔，走路很轻，保持着一个女子在陌生人面前应有的矜持。

婆婆塞给柳吟一个小布包，那里面有几件换洗衣服，柳吟默默地接过。

在婆婆的催促下，二人上路了。柳吟依依不舍，说她一定回来看望婆婆。

太阳刚好偏过头顶，冱水埝的街上不再寂静冷清，填饱肚子的男人、女人没有去睡午觉，三三两两地聚在大街上闲聊。小孩子们吵闹着相互追逐。看见少年和柳吟从婆婆家出来，几个闲汉立刻瞪起圆溜溜的眼珠子，柳吟的步态和风韵令他们吃惊。

柳吟挎着小布包，迈着小碎步跟在少年身后，风姿绰约。原本遭人厌恶的癫子露出了倾国倾城的容貌，女人们撇着嘴一脸的不屑，男人们大张嘴巴说不出话来，眼巴巴地盯着柳吟。

少年又遇见了那个胡子拉碴的男人，不过今天他手里没有棍子。

男人一副失落、嫉妒的眼神，好像在说：好小子，去年让你躲了过去，这回……

婆婆从后面跟了上来，大声喊："早点儿回来啊！"

少年明白婆婆是在麻痹那些男人，好让他和柳吟顺利离开。

洰水埝是个非同寻常的地方，凭自己的能力保护好柳吟绝非易事。去年在街边的那场打斗，至今让他心有余悸。

少年故作镇定地拉起柳吟，快步朝镇子西头走去。

没想到，胡子拉碴的男人冲着两人的背影大声叫喊："站住……把癫子留下。"他竟然追了上来，这是十分糟糕的事情。

婆婆的呼喊再一次解救了两人："吆喝什么？一会儿他们俩就回来了。"

胡子拉碴的男人没有注意到柳吟是挎着小布包离开的，就相信了婆婆的话，不再追赶。

身后，男人女人们全都看着他，一脸嘲弄。

柳吟离开了，天知道她和婆婆还有没有机会再见面。

出了镇子，看看身后没人追来，少年松了口气。柳吟大口地喘着气，突发的状况着实让她紧张了一回。

危机过去，两人很快恢复了平静，不过很快又陷入了新的迷茫。

柳吟跟随父母流亡已是几个月前的事情，家人或许到了谋生的地方，兄弟姐妹从此天各一方，想想就让人伤心。萍水相逢，死里逃生，对身边的少年，她无法再言往事。

她更不知道自己未来的命运，不过她很清楚从今往后她一个人很难生存下去，眼前这个少年或许是她的依靠。

少年看上去老成持重，是他拯救了自己。有了他自己才能免受欺凌。几个月前离开老家，铁蹄践踏，她一天要哭上好几次，直到昏倒路旁。

平缓的土路从脚下一直延向天边，未来的路途或许只有少年相伴。她慢了下来，让少年走在自己前面。望着少年的背影，情爱悄悄拨弄着女子的心弦。

少年也放慢脚步，等待柳吟跟上。他还是有些糊涂，自己究竟要把这个女子带到什么地方去。不过，他很快就看清了前途，知道自己该是一个什么样的角色。在今后的岁月里，痛苦与欢乐都不再是自己一个人的事情。因为柳吟，少年的辛劳从这一刻就开始了。

黄昏到来的时候，他们来到了大峡谷。暮色中山口前的土路旁坐着一个妇人。

那是一个熟悉的身影，少年叫出声来："庸夫人……"

少年好像走进神秘的梦里，原来山洞前的遭遇并没有成为过去，仍在影响着他的现在和未来。

松树下，庸夫人静静地等待着，等待少年和柳吟的到来。

"信哥儿，我已等你多时了。"

太阳落在山坡后面，一抹红霞画上天边，少年心中升起了无法捉摸的光明。

"师父，小徒给你叩头。"庸夫人面前，少年虔诚地跪了下去。柳吟十分乖巧，她虽然不知其中缘由，却也陪着少年跪了下去。

庸夫人看着他们俩，神色似春水平静："信哥儿起来吧！听我说一下你俩的来历。"

少年、柳吟坐在庸夫人面前，在暮霭弥漫中找回各自的过去。

柳吟与信哥儿都来自天河边上，信哥儿是一只蜻蜓，柳吟是一只金翅彩蝶。他们两个整日追逐嬉戏。那天信哥儿随风神出了天门，被柳吟发现，不过柳吟慢了一步，没能追上信哥儿，从此人海尘途再不相识。后来柳吟家中生变全家南下，信哥儿归来还要从冱水埝经过。为使二人相见，庸夫人迷了柳吟。柳吟昏厥，家人以为她殁去，差役随意将其丢弃，绿珠、青玉守在柳吟身旁，将她送至冱水埝为金鸾收留。

少年问起是不是当年士孙鉴认识的金鸾，庸夫人回答正是。她还告诉少年，现在就带他俩去见士孙鉴。

少年好像悟到了什么，看着柳吟。柳吟细眯着眼睛看着自己身前的青草，心中涌起一片淡淡的期望。信哥儿的命运好像与庸夫人有着密切的联系：山洞外少年放了一场大火掩盖了秘密，让庸夫人、绿珠、青玉、紫玹全身而退。野烟散去，少年陷入危机。星光朗耀，荒草夕阳，庸夫人目送少年孤零的身影……她希望归来时，能有一双玉腕挽着少年，信哥儿、柳吟两个人温情慵懒地前行。

穿过一线碧水，竹林后面就是士孙鉴庭院。毛竹底下，士孙鉴早就站在那里等待他们。

暮色沉沉，士孙鉴看着少年和柳吟，笑呵呵地说："信哥儿，柳吟，有庸夫人为你俩做媒，老夫主婚，今夜你俩结为夫妇，可喜可贺！"

少年腰杆挺得直直的，虽然不大好意思，却欢喜命运做出这样的安排。柳吟眼角挂着泪珠，心中泛起一丝凄楚，但很快就被幸福取代。红颜姣美，她花一般的笑靥融入茫茫夜色之中。

　　婆婆就是金鸢，离开大峡谷她又经历了什么，少年不知道，士孙鉴也不知道。但庸夫人一定是清楚的，不然她就不会把柳吟送到沍水埝，被金鸢收留。

　　金鸢十岁那年的秋天，阿翁在沍水埝庄外的山坡上给财主程万里修剪茶树。一天中午，阿母在给阿翁送饭途中失踪，直到第二天清早一家子才在一片松林里发现阿母的遗体。阿翁当即报官，官府却说阿母的死非他人加害，属于意外事故。阿翁是个深沉而内敛的男人，自己暗中开始了察访。直到第二年春天，阿翁才知道阿母确切的死因，是财主程万里的单身汉侄儿程甫在松林里掐死了阿母。

　　想要使程甫受到制裁是绝对不可能的，程万里手眼通天，其势力在沍水埝风兴波涌无人制约。一天傍晚，程甫醉醺醺地从酒馆里出来。阿翁瞧见，躲到一棵大树底下，贴着树干站着。程甫步履蹒跚地往家里走去。

　　程甫着实醉得不轻。

　　这天夜里，阿翁潜入程甫家，杀死了程甫，接着在他的屋子里点了一把火。

　　沍水埝这地方，从官到民，个个乖戾得很，阿翁做的事是瞒不过去的，他连夜带着儿女逃离沍水埝。

　　程甫葬身大火，程万里并没有认真地寻找仇家，他低调地处理了这个侄儿的后事。程甫名声很臭，做坏事连自己家族都不放过，竟然长期霸占孀居的堂嫂。程万里也不愿意为程甫复仇而污了自己的名声，这也是阿翁一家躲进了密林多年而不被人发现的主要原因。

几年后，十七岁的金鸢和弟弟金川回到了冱水埝。走在街上，姐弟二人坦坦荡荡，没有丝毫的畏怯与躲闪。

遗憾的是他们的房子已经被人毁掉，院子里长满半人多高的荒草，若不是两侧的房屋映衬，就如同走进了荒野。姐弟俩伤心至极，在庄子里找了一户远亲住下。

第二天一大早，程万里就派人将金鸢、金川带去程家老宅。

程万里已经六十几岁，看上去还算有些风度。说话虽不恶毒，却也出乎常理，听说阿翁、金雉已殁，竟说："余罪当由金鸢偿还。"

金鸢没有辩解，她眼神中充满不屑，告诉程万里："你不是个正人君子。"

程万里当即修了典金鸢为婢的文书，将金川一人逐出大门。

如同羊入虎口，金鸢失去了自由。金川已经十岁，为了生活，他在冱水埝一家皮货作坊做起了徒工。两年后作坊搬迁，金川又随掌柜去了外地。后来金川做了掌柜家的女婿，很少再回冱水埝来。

金鸢二十岁的时候重获自由，由于姐弟分开，金鸢陷入孤独。幸运的是，金川和皮货作坊的掌柜一起回到冱水埝，出钱给金鸢买下三间草屋，金鸢算是有了栖身之所。可金鸢的日子并不太平，除了土匪恶棍，冱水埝到处都游荡着不学好的二流子。总有人找上门来，冲着金鸢说一些暧昧的话，甚至在金鸢干农活儿时凑上前讨些便宜。刚开始，金鸢选择了忍耐，她知道自己得罪不起这些无赖。结果事态愈演愈烈，金鸢夜里也开始受到骚扰。没有金川陪在身边，金鸢天天不得安生。一天夜里，又有小混混上门骚扰，金鸢冲出门去，冲着小混混一刀劈了下去。小混混躲闪不及，胳膊鲜血直流。自此，金鸢变了，变成了一个狠人，她的性情一下子刚烈起来。一个年轻好看的女子出出进进手里竟然握着一把锋利的钢刀，杀鸡、剁狗毫不手软，甚至有些残忍。这件事情传遍整个沔水埝，此后再也没人敢找金鸢的麻烦。

金鸢不想嫁人，她认为天下男人都很可恶。还有她从金雉那里得来的一个教训：所有男人都不可靠。如果不是士孙鉴，自己的妹妹又怎么会香消玉殒呢？这也是她不愿再与士孙鉴相见的一个原因。

金鸢老了，她的故事写到这里也就结束了。

残霞漠漠烟尘里，
落雁声声堕泪红。
心波浅浅回旧梦，
笑靥盈盈向烛明。

十二 青月石

灵碧瑰姿伟质，应缘示现河川。

景曜童蒙所贵，爰发绚彩人间。

　　大清早，少年和柳吟带着士孙鉴写好的婚书上路了。士孙鉴将他俩送出竹林，少年往前走了一段路回头再看他时，心里有了留恋——是怕这一去就再也看不到士孙鉴的留恋。昨天夜里，庸夫人看着少年和柳吟走进屋子就离开了。士孙鉴和少年聊了一会儿，一个人歇息去了。

　　一去一回，士孙鉴帮助了少年。少年感激他，也仅仅是感激，他没能为士孙鉴做点儿什么。

　　少年一边走一边想，此时的士孙鉴会不会有一种孤独、寂寞的感觉。士孙鉴就像一片枯黄的叶子，不知什么时候就会从树上飘落，少年有些可怜起这个老叟来。

　　天也荒，地也荒，有了庸夫人和士孙鉴的大峡谷不再荒凉，清风徐徐，竹叶飒飒。

少年并不知道，大峡谷无论月白风清还是月黑风高，士孙鉴的心境都是一样的。

他是一个隐者，没有那些乱七八糟的心思。虽然上了年纪，走起路来仍很麻利。

一只苍鹰出现在峡谷的上空，伴着少年和柳吟往南飞去。柳吟问少年苍鹰为什么要一直跟着他们。少年告诉柳吟，他来的时候也是这样。

柳吟突然说："它是峡谷中少有的精灵。"

少年心中暗起惊讶，苍鹰不仅给大峡谷添了一份异样的风采，使人忘记旅途的寂寞。更因为士孙鉴，苍鹰不辞辛劳，肯在节骨眼儿上助人一臂之力。

这次苍鹰没有跟得太远。

整个大峡谷有植物的地方不是很多，山口这片竹林是少有的苍翠，给少年留下了深刻的印象。少年在这里找到了一生的伴侣，还有就是庸夫人的重新出现。初见庸夫人那一刻，少年十分惊讶，原本以为这一生再也不能与之相见，然而现实竟然如此不可思议。千真万确，路边等着他的就是庸夫人。仔细想想，也绝非意外。震曤甸隐，枝折花落，庸夫人伤怀离陌。那个早晨，涤原清野的大火将触目的痛创全都掩盖。别说庸夫人，就是绿珠、青玉、紫玹也知道身后的这场变故。心魂的分别不会太久，该来的迟早要来。

暮色中庸夫人的坐姿恍惚飘逸，有一种光怪陆离的色彩，因为她，少年的旅途有了柳吟相伴，他们不寻常的人生道路就从这里开始。

大峡谷没有喧哗，只有水声，少年和柳吟沿着谷底一直向南，士孙鉴的茅草屋又恢复了平静。

大峡谷行人不多，士孙鉴的日子很清静，这里的确是个隐居的好地方。细想起来，少年有了很大变化。他身上有一种让人捉摸不透的气质，这是去年他经过这里时不曾有过的。从庸夫人那里，士孙鉴知道了少年离开归星湖的原因以及他做过的事情。士孙鉴还告诉少年，庸夫人就住在竹水居，是一个得道的地真。

少年虽然不十分了解士孙鉴，但有一点是明确的，士孙鉴和庸夫人都住在大峡谷，两人为他们做媒主婚就说明他们原本就是同路中人。

天风飘飘，峡谷里升起了烟雾，古柏苍松，山石峻秀，太阳在峡谷背后放出万道金光，和柳吟走在一起，少年心野一片光明。下午他们就能走出谷底，从那里一直往西，两天之后就能回到归星湖。

柳吟看上去情绪有些低落。她的思绪不时地回到和家人一起被流放的路途上，阿翁、阿母、弟弟、妹妹现在何处，他们一定不会知道自己还活着……

虽然幸运，但未来有着很大的不确定性。一个下午没有任何征兆就成为人妇，跟着少年踏上了未知的旅途。一路都要靠乞讨度日，乞讨是很卑贱的事情，柳吟从小到大都是看着别人乞讨，这种事情转眼就轮到自己身上，尽管不是亲力亲为，可毕竟觉得难堪。流亡途中昏厥被人丢弃，噩梦醒来又要去一个完全陌生的地方，未来是什么样子的？想着想着，她小声哭了起来。

柳吟如同阿姐一般让人疼爱。

她一边走一边流泪。

少年想起她坐在婆婆家大门口的样子，他站在一旁看着她，心里只有同情和怜悯。眼下，柳吟的欢喜就是少年的欢喜，柳吟的哀伤就是少年的哀伤。

他停了下来，柳吟也站住了。

已经是秋天，峡谷里的风有些凉。柳吟双手抱着肩膀，她的心思由悲伤转到了对寒冷的注意上。

少年凑上前去，张开双臂，将柳吟揽在怀里。

她的身子瑟瑟发抖。

少年当然知道她为什么流泪，然而他没法去劝她，他没有这方面的经历，毕竟他们从相识到结为夫妇还不到一天，彼此还很陌生。

不知是天气还是少年的怀抱温暖了柳吟，柳吟不哭了。两人默默地站了一会儿，又继续赶路。

少年轻轻地挽起柳吟的手。

柳吟看着少年。

"我要去岭南，去找我的家人。"

"恐怕不行，我们不知道你家里人在什么地方。"

"我们一路打听。"

"岭南那么大，很难找得到。"

"可你昨天说是要送我去岭南的。"

少年无语，他对昨天的承诺十分后悔。柳吟见他为难，便不作声。

"还是跟我回归星湖吧！等安定下来我们慢慢去打听，一旦有了你家人的消息，我们再去找他们。"

听她这么说，柳吟的情绪稍有好转，两人一边往前走一边说起回到竹里山庄后的事情。

"我们的事情，你怎样对你阿翁、阿母说？"

"实话实说。"

柳吟陷入沉思。

"你在想什么？"少年问。

柳吟说："我在想庸夫人为什么叫你小徒。"

少年说："两年前庸夫人在归星湖旁边的山洞里修行，曾收我为徒。"

柳吟说："她怎么会在这个地方？"

少年答："大概她就住在这附近。"

柳吟说："我们是不是应该去拜访她一下？"

少年答："没告诉我们住哪里，就是不想让我们去打扰她。"

听他这么说，柳吟心底立刻生出了疑问：庸夫人究竟是什么出身，住这么荒僻的地方，还不想被人打扰？柳吟向前方望去，秀峰削立，小溪横流，她自言自语道："真是奇怪。"

少年和柳吟走进竹里山庄已经是第三天的傍晚，残阳照在两人身上，两条长长的黛色影子印在身后的土路上。

柳吟胳膊上挎着小布包跟在少年身后走进院子，那时阿母正在院子里归置日常使用的家什，少年引着柳吟来到她跟前。阿母十分意外，少年对阿母说这是自己刚娶的小娘。柳吟目光哀哀而温柔，赶紧叫阿母一声婆婆。阿母一下找到了做长辈的感觉，亲切地说着："赶紧跟我进屋，去见你阿翁。"

进了屋子，少年从包袱里掏出士孙鉴写的婚书，告诉阿翁阿母柳吟的身世。听完少年的叙述，很快他们就接受了这个心怀悲伤的女子。

这天晚上，阿翁和少年聊起这一年的经历。阿翁要少年暂时不要出门，过些日子没有什么事情再到外面去。少年认为他和柳吟一路走来遇见许多乡邻，怕是整个归星湖都知道他回来了。

阿翁想想，事情已经过去一年，就连庸夫人都不再有人提起，山洞前那把大火的事情早就没人记得了。接着他想起了长濑和飞潭，便把这件事情告诉了少年。

少年说，长濑、飞潭就是那两位地真，他们已经化龙飞去。阿翁听了，后悔那天没能好好招待他们。少年说地真游离世外，能见上一面都很不容易，留是留不住的。

第二天上午，阿翁托人给山口外的阿姐送信，告诉她家里有了喜事。

听说少年带着小娘归来，当天阿姐就带着孩子赶往归星湖，她眼前总是这样的场景：少年领着一个青葱般的女子走进竹里山庄，许多人都站在街边望。女子一直将头低着，和少年走进自家大门。

阿翁、阿母开始了忙碌，婚娶是家庭中的一件大事，总得请邻居好友热闹一回，他们盼着阿姐能够早点儿到来，帮着做一些手工活计。这桩喜事来得突然，家里没有一点儿准备，肯定是要忙上几天的。

中午刚过，阿姐带着一双儿女风尘仆仆地走进院子。

十二 青月石

阿姐带来两串铜钱，一卷丝绸，还有一块碗口大的青色玉石。玉石清朗温润，形如满月，是阿姐那赌鬼丈夫活着的时候不知从哪里弄回来的。阿姐的儿子很是喜爱这块石头，自己取名青月石，这次把它作为礼物送给舅舅。

刚见面，柳吟给阿姐留下了一种孤苦的感觉，柳吟说的话阿姐根本就没心思去听。柳吟发现了阿姐情绪的变化，处处赔着小心。阿姐心里很不舒服，一路的热切和期望烟消云散。她努力做出欢喜的样子，和柳吟聊了一会儿便跟阿母出去了。

接下来少年也被阿翁叫走，出去置办一些婚娶必用的东西。屋子里只剩下柳吟和两个孩子，三个人你看着我我看着你，很是无趣。柳吟预感到了什么，脸色有点儿苍白，待在角落里，一句话也不说。

阿姐同阿母出了山庄，沿着一条小路朝归星湖走去，这里行人稀少便于说话。

"要我出来，有什么话说？"阿母问。

阿姐说："弟弟这桩婚事办不得。"

"为什么？"阿母又问。

阿姐看看四周，认真地说："这女子面带孤苦，不是个有福之人。"

"我看她眉清目秀，举止大方，不像你说的那样。"阿母显然不同意阿姐的看法。

阿姐说："就算是这样，可她是个流放之女，谁知道日后会有多大的麻烦。"

这句话倒是说到了点子上，阿母沉默了。

阿姐以为说动了阿母，继续撺掇："就说眼下，如果人们问起小娘是哪里人，怎样交代？"

阿母说："你小弟是带着婚书回来的，也算是明媒正娶。"

"只有婚书没有人证，官府查验下来，这关可怎么过？"阿姐继续施压。

阿母不以为意："小娘自己作证，总不能说我们拐带人口吧。"

"你是真够糊涂的了。"阿姐急了。

阿母有些生气："你今天怎么净说些丧气的话。"

"原本就是这样。"阿姐毫不相让。

阿母转过身去，不再理会阿姐。

阿姐的心情很坏，独自往回走去。阿母心上一片荒凉，阿姐说的话也不是没有一点儿道理，她显然没了主意。她不知自己接下来该做什么，一个人站在那里发呆。

阿姐越走越远，一个人进了庄子。

阿母找了个地方坐下来，低头看着脚下，她想在这个没人打扰的地方静一静。

阿翁和少年去买东西还没有回来，阿姐走进屋子。

柳吟赶紧迎上前去："阿姐！"

阿姐看都没看她，拉起两个孩子就走。

柳吟跟了出去，一直跟着她走出院子。

阿姐带着孩子，头也不回地去了。

过了一会儿，阿母回来了。柳吟一个人孤零零地站在院子里。阿母心里明白，肯定是阿姐赌气回自己家去了。她拉着柳吟的手："跟我进屋去。"

十二　青月石

"阿姐怎么了？"柳吟问。

阿母含糊其词："她没怎么。"

两个人走进屋子，阿母很尴尬，想跟柳吟说说话又没有心情。

阿母明显和刚出去时不一样，柳吟也不好意思问发生了什么。

陷入窘境，两个人默默无语，直到少年和阿翁买东西回来才摆脱这种沉闷。

"阿姐他们到哪里去了？"少年把买回来的布帛针线放下后问阿母。

阿母说："你阿姐家里有事，先回去了。"

阿翁问阿母阿姐家里有什么事情，阿母说不出来，阿翁便怪罪起阿姐来。少年觉察出自己和阿翁离开这段时间家里一定有什么不愉快的事情发生，否则阿姐不会这么快就离开。他看看柳吟，柳吟脸上任何表情也没有。他又看看阿母，阿母看着刚买回来的布帛，眼神有些呆滞。

少年心中有些压抑，扯了一下柳吟的衣角。柳吟会意，两个人悄悄退了出去。来到自己住的屋子，少年问柳吟："阿姐为什么回去了？"

女子说："你们走后，阿姐与阿母一起出去了。过了一会儿，阿姐一个人回来，一句话没说，拉起两个孩子就走。"

少年说："我明白了。"

"你明白了什么？"女子问。

少年说："阿姐与阿母吵架了。"

"为什么？"女子又问。

少年想了想，说："我也不知道。"

其实，少年心里在想什么，柳吟一清二楚，阿姐看都不看她一眼，只顾带着孩子离开就是答案。

少年从条案上拿起外甥送给自己的青月石，看了看，又放下了。

那间屋子里阿翁、阿母似乎在争吵，声音很小，听不清楚，柳吟往门口凑了凑。

阿母是真的生气了，柳吟想不出此刻她是什么样子的。

"这小娘不能娶。"

"庄子里都知道了。"

"那也不行。"

"别听阿姐瞎说。"

"阿姐说得有道理。"

"你小声点儿。"

"官府追究下来，咋办？"

"咱是明媒正娶。"

"媒人在哪儿？"

"我手里有婚书。"

"她是罪人之女。"

"那又咋样？"

柳吟低着头，流泪了。

"她会给咱家带来麻烦。"

"我不怕。"

"真是个老糊涂。"

柳吟不再听，坐在床榻上，不住地哭。

少年不去劝她，却坐在她对面的地上，抬头看着她。刚刚认识没几天，少年有些害羞，没有认真地打量柳吟，她在他的头脑里只是一种轮廓。柳吟两条胳膊垂在腹部，两手的手指勾绞着，长发从耳边垂下来遮住了她的脸颊。少年看清了，从未有的真切：她的两道弯眉很细，高挺的鼻梁，眼睛闭合着只有弯弯的两道黑线，从里面溢出的泪水在睫毛上汇聚，慢慢形成一滴晶莹的泪珠，泪珠越来越大，最后顺着长长的睫毛流下。

少年没有说话，身子往前挪了挪，抓住柳吟的两只手。

她大概有些不好意思，止住了哭泣。

少年道歉："你受委屈了。"

柳吟摇摇头。

"我们出去走走。"少年说。

柳吟站起，用手臂擦了擦眼睛。

少年又从条案上拿起那块青月石，仔细端详了一会儿，把它用口袋装好提在手里。柳吟有些不解："拿它做什么？"

"这是一块丧气的石头。"少年说。

柳吟说："你迁怒一块石头做什么？"

"错不了。"少年十分笃定。

柳吟想了想，细白的牙齿轻咬嘴唇："听你的，扔了它。"

"嗯！"少年答应了一声。

英彩光艳的青月石给少年一家带来的麻烦显而易见，必须尽快扔掉。

少年站在门口听了听，外面很安静。他轻轻地推开屋门，两人一前一后朝外面走去。来到街上，柳吟长长地吐了一口气。

他们谁也不说话，默默地往庄外走去。

路上行人稀少，少年和柳吟沿着刚才阿姐和阿母走过的那条小路朝前走去。

清凉草香，令人心醉。太阳已经偏西，旷野吹来轻柔的风，柳吟的心情一下开朗起来。

"前面好像是湖。"

"归星湖。"

"湖很大吗？"

"很大。"

"我们去看湖吧！"

"嗯！"

很快，他们来到湖边。明亮的阳光下，湖水漾漾，清风泠泠，他们没有停留，沿着水边一直向巨石那边走去。

巨石静静卧在湖岸边，一尘不染。少年率先爬上，伸手将柳吟拉了上去。站在巨石上面看湖视野更加开阔，远处山水烟云浑然一片，脚下飘荡的银涛让人疑心这就是海上仙山，勾起天性中的幻想。波光之上闭了眼，柳吟感觉自己化成了一只蝴蝶，不知不觉便飞了起来。

少年指着远处的竹林说："那里有一座山洞，庸夫人曾在那里居住过。"

柳吟顺他手指的方向望去，一条小径从半山腰一直延向湖边。

"庸夫人究竟什么来历？"

少年回答："你想得到的。"

"我明白了，是她把我送到了这里。"柳吟说。

少年说："是的！若不是庸夫人，我们今生恐难见面。"他坐了下来，又伸手拉了一下柳吟。柳吟依偎在他身旁，挽起少年的胳膊，眯眼看着天边，不知是迷惘还是沉醉。

竹里山庄后面的寺庙传来悠远清灵的钟声，柳吟睁开眼睛，说："我们回去吧！阿翁、阿母会着急的。"

少年抓起口袋，两人一起从巨石上跳下。

"把它丢进水里去吧！"少年从口袋里掏出那块青月石。

柳吟将他拦住："不好！它毕竟也是有灵性的东西，不应该永远沉没水底。"

"那你说怎么办？"少年问。

柳吟说："把它丢在这里吧！"

"恐怕会被人拾去。"少年有些担忧。

柳吟说："随缘吧！有福之人拾了去，无大碍。"

听她这么说，少年朝湖岸相反的方向走了几步，端端正正地将青月石放在一棵柏树底下。烟水姻缘，就是这么短暂。

从这一刻起，青月石就静静地待在这里。芳草离离，疏星月夜，听着风涛之声，大概它不会感到孤寂。少年包括阿姐一家子都不知道，青月石是从一个赌徒手里赢来的。那天赌徒输得精光再也拿不出钱来，就用这块青月石顶了两串铜钱。赌鬼将青月石带回家里不到一个月就因为躲避债主死在地窖里。

青月石的前身只是一块粗玉，枯水季节裸露在岭南一条大河的河滩上，一个孩童玩耍时发现并把它带回家里。家人雕琢过后，一块稀世玉石现于世上。青月石人见人爱，但就是没人能够长久地保留它。

诞之灵岳、秀于川水的青月石有它自己的灵性，皇天赋命，它带来的没有吉祥，只有祸端。

迎着夕阳，少年和柳吟走上回家的路途，离湖岸越远，烦滞就越发消散。

少年和柳吟回到家里，阿母已经做好了晚饭，正等着他们的归来。阿翁告诉少年，他已经和阿母商量好，五天后就给他俩完婚，明天自己去山外接阿姐，家里有许多针线活儿需要她来做。

柳吟又感受到了阿母的温暖，庆幸能有宁静的生活。

阿姐又来了。柳吟早早地等在大门口，见面时阿姐有些局促，不过和柳吟待在一起很快也就释然了。

柳吟不会做阿姐手上的活计，但她一直陪在阿姐身边。阿姐忽然觉得柳吟十分可爱，她说话的声音也很好听。

少年和柳吟的婚礼很简单，简直就是走个过场。这样做不是阿翁的主意，是少年和柳吟商量的结果。

一天，少年想起了丢在柏树下的青月石，一个人去了湖边。

芳草萋萋，青月石不见了。

少年向四周望了望，目光所及的地方干干净净，连一块小石子儿都没有。

青月石的确被人拾走了。

少年有些不安，不知道又该谁倒霉了。不过，他又想起柳吟说过的那句话：有福之人拾了去，无大碍。

但愿一个有福之人能够得到它。

看了一会儿湖水，少年往回走去。

还没走进庄子，少年就听人说苏善人家出了事情。苏善人黑了人家的钱被打得鼻青脸肿，大娘子跟人家吵架吃了亏正闹着上吊。

少年心里一颤，好像自己办了一件十分亏心的错事。他像偷了什么东西怕被人发现似的，赶紧溜回家里。

街上每天都有苏善人的新消息传出，苏善人被很多人挤兑，苏善人借了高利贷，苏善人的娘子得了重病，苏善人去了寺庙里跪求菩萨，苏善人贱卖了家里仅有的几亩地……

阿翁说："苏善人实在有些可怜。"

苏善人的遭遇对少年来说，也是一种煎熬。他整天闷在屋子里，度日如年。

柳吟怕少年生出病来，劝他出去走走。

少年答应了。

一天上午，苏善人穿了一身破长裙蹲在街上，他的身前摆着几件古玩，最显眼的当是碗口大的一块青月石，几个闲汉蹲在他身边问价。

少年朝苏善人这边走来。

苏善人身材短矮一身赘肉，少年几次在街上遇见过他。今天苏善人看上去消瘦了许多，眼睛里蕴含无限深远的忧郁。见少年来到跟前，苏善人抬起头来。

"祖传的青月石，贱卖！只要五串铜钱。"

少年想说话，又憋回去了。

一个闲汉拿起青月石看了看："三串铜钱。"

"五串，一串都不能少。"苏善人一口价。

"三串……"

"四串，再不能少。"

"四串就四串。"闲汉从口袋里往外掏钱。

"我出五串。"少年急了。

苏善人抬头看着少年："你出五串？"

少年有些后悔，他一串铜钱都拿不出来。

闲汉怕少年抢他的生意，将四串铜钱丢在地上，一手抓起青月石。

少年瞪眼看着闲汉。

闲汉站起身，白了少年一眼。

少年有些着急："把它扔了吧！"

"关你什么事？"闲汉丢下这句话，转身离开。

少年急得大声叫喊："那是一块丧气的石头。"

这句话犹如咒语，闲汉一下给定住了。他慢慢转回身，看着少年。

"你说这是一块丧气的石头？"

少年点点头。

男人又看了看手上的青月石。

"你咋知道的？"

少年愣了一下，这才察觉到事情有些严重，不由得低下头去。

闲汉不再理会少年，朝苏善人那边望去。

少年喊的什么，苏善人听得清清楚楚，他赶紧收拾了剩下的几件古玩，身边的人也都站了起来。

闲汉还有些犹豫。

少年抬起头，小声说："那是我丢掉的一块石头。"

闲汉想起苏善人家的遭遇，心里有了主意。

苏善人从人腿的缝隙里瞧见闲汉一步一步地走回来，站起身想要走开。闲汉迎面将他拦住。苏善人额头沁出了许多汗珠，不知是因为在地上蹲得久了还是什么原因，他说话的声音比刚才低了很多。

"你回来干什么？"

"这石头，我不买了。"

"为什么？"

"不为什么。"

闲汉将手里的青月石往苏善人怀里一塞："把钱还我。"

苏善人显得很委屈："我急着用钱才把它贱卖，你是捡了大便宜的。"

"我不图这份便宜。"

"做人要有信用。"

"还钱！"闲汉提高了声音。

人们围过来，眼珠子瞪得溜圆。苏善人脸变得惨白，什么也不说，只好从口袋里往外掏钱。

在人们的注视下，闲汉带着微笑把铜钱重新装进自己口袋，但没人注意到苏善人是什么时候离开的。

苏善人从少年的身边走了过去，走过去后他又回过头来看了少年一眼。两人目光相遇的那一刻，少年心里咯噔一下。苏善人眼里带着少有的怨毒。

少年十分懊恼，觉得自己很愚蠢，为了一个闲汉把苏善人给得罪了。他有些后悔，后悔不该管与己无关的闲事。他低头朝家里走去，一边走一边想：自己究竟做错了什么？

竹里山庄后面不远处有块平缓的坡地，庄子里的人都在那里安葬先人。坡地正中是一处茂密的柏树林，林中间葬着勾庄主的先祖，一箭地外遍布大小不等的土堆，那是平民的丛冢。

当晚，一弯新月从西天边的树梢上沉下，苏善人提着一把镬头溜出庄子，趁着夜色朝坡地走去。在离那片树林不太远的地方，苏善人在一座墓前停下。他定定神，爬了上去。

苏善人挥起镬头，刨开封土，将一块东西埋了进去。

少年一连几天都不肯到街上去，阿翁、阿母不知道发生了什么，便去问柳吟，柳吟也不知如何作答。这一阵子，少年变得很糟，眼里总是带着一种惶惑。深秋到来的时候，少年和柳吟一起去看大湖。站在岸边，少年眼睛一眨不眨，没有思想没有情感地望着大湖。

深秋的大湖，无声无息。

柳吟用手碰了一下少年："想什么呢？"

少年回过神来，说："苏善人好可怕……"

柳吟问少年苏善人是个什么样的人，少年一时不好回答，想了想，说："他好像做了一件见不得人的事。"

十二　青月石

　　这个秋天，苏善人像一头受伤的野兽，被无数人叫喊着围追着。但这头受伤的野兽还是成功逃掉了，回头看着那些冲在头里的人。

　　青月石，少年一旦想起，就感到很压抑，很心烦。

十三　黼绣女

怅望空山落照，留得绿鬓朱颜。

梦里铢衣几度，持行不坠荒蛮。

　　转眼到了夏天，归星湖湖面上几只水鸟悠闲地漂浮着，神态安详。

　　黼绣女坐在巨石旁边，默默地望着湖水。她在等待一个人的到来。

　　日出日落，黼绣女一坐就是一整天。竹里山庄人很是奇怪，有人问她从哪里来，在这里做什么。黼绣女说，她从大峡谷来到这里，给竹里山庄的人消灾来了。大多数人并不相信她说的话，藏着笑走开了。好好的日子，哪里有灾祸？细心的人看她深沉的样子，不由得想起了庸夫人。庸夫人不也是这样？一个暝色苍茫的黄昏出现在这里，施符水拯救世人。竹里山庄的人开始注意这个道姑打扮的女子。黼绣女不但长得美丽，凉风吹拂着她碧绿的锦衣透出点点龙眼红色，身上带着一股难以言说的神秘。

更让人疑惑的是黼绣女整天不吃不喝，暮色四合的时候站起身，迈步走进浓荫蓊郁的竹林……她究竟去了哪里？

胆大的人老早就躲进竹林，偷偷去看她。但，黼绣女一旦闪进竹林立马失去踪影。很快，竹里山庄就有了传言，黼绣女是个精灵，有灾祸要降临竹里山庄。

竹里山庄人心惶惶，再也不愿意到巨石这边来。黼绣女却照样每隔两三天就会出现在湖岸边。

侯法师来过湖岸，远远地观察黼绣女。巨石旁边，黼绣女正襟危坐，闭目养神，一副超然自得的样子。

侯法师放慢脚步，绕到黼绣女身边："仙姑请了。"

黼绣女看都不看他一眼："你是何人？"

侯法师："在下……侯世全。"他把前面想说的"法师"两个字给咽了回去。

黼绣女睁开眼睛："吾乃黼绣女是也。侯世全，近前来。"

侯法师转到黼绣女面前。

黼绣女又吩咐："坐下。"

侯法师唯唯诺诺，在黼绣女旁边坐下。

"侯世全，你往湖心看。"

侯法师扭身去看湖水。

"你看到了什么？"黼绣女问。

侯法师瞪大眼睛，看了半天："没看见什么。"

"你再仔细看。"

"水面好像有雾……"侯法师不敢肯定。

黼绣女有些云山雾罩："昭昭其有，冥冥其无。"

侯法师听了，如堕雾里，可他相信自己这回遇上了真正的仙师。他恭恭敬敬地问："仙师，这里会有灾吗？"

黼绣女说："你看那湖上，妖雾弥漫，祸患就在眼前。"

侯法师一下想起最近野地飞出的蛾子，干旱已经持续了一个多月，蛾子是虫灾的先兆。他心里一动："仙师指的是地里的蛾子？"

黼绣女不置可否。

"弟子恳请仙师作法消灾。"

"难啊！"黼绣女叹了口气。

侯法师问："仙师有什么难处？"

黼绣女答："没有道场，无处做法，难以消灾。"

侯法师问："需要什么道场？"

黼绣女答："如果能在这岸上建一座虫神庙就好了。"

侯法师一听这话，心里立刻犯了难。建庙可不是一件小事，耗费大量钱财不说，没有庄主的允许，哪个敢随便动土？再说，即使可以建庙，那得何年何月才能完工。他赔着小心说："仙师可否变通一下，先替百姓消灾，再从容建庙。"

黼绣女含混地说："那还得看有没有机缘。"

侯法师不明白黼绣女这句话是什么意思，但他知道眼下正是自己扬名的好机会——依靠黼绣女让竹里山庄乃至整个归星湖的人重新认识一下自己。

"仙师需要我做点儿什么？"

"你什么也做不了。"

侯法师并不甘心："仙师身边总得有人使唤才对。"

黼绣女看了看他说："那我就收你做个护法，你可愿意？"

侯法师赶忙应允："愿意愿意。"

黼绣女笑了："你就在这里给我设个道场。"

侯法师立刻来了精神："我这就去庄子找人来筑坛，置办法器，择日请仙师登坛布道。"

黼绣女说了句："功德无量。"

她站起身朝山口方向走去。侯法师有些惶惑，黼绣女怎么不回竹林了？很快他又恍然大悟，仙师的家在大峡谷，这一定是回去等自己消息去了。大峡谷那么远，往返不只几天的路程，她什么时候才能归来？

侯法师喊了句："仙师留步。"

黼绣女并没有停下脚步。

侯法师往前追了几步："仙师什么时候回来？"

黼绣女头也不回："我随时都可以来到这里。"

侯法师更加坚信，黼绣女就是个神仙，神仙才能来去自如。他站在那里，看着黼绣女的身影在山口处慢慢消失。

一连几天，筑坛的事情都没有着落。庄子里没有人响应侯法师，他们都说黼绣女来路不明，不想给自己惹上麻烦。万般无奈，侯法师硬着头皮去拜会勾庄主，让他出面，派些人力。结果侯法师丢尽了面子，勾庄主连门都没让他进，从里面传出话来，叫他从哪里来回哪里去。侯法师拼了，直接来找老冤家苏善人。

七八年前，澶濑山庄侯法师的堂侄与人做贼，被县丞悬赏通缉。堂侄躲进了侯法师家里，没几天就被捉拿归案，侯法师因此受了株连。好在侯法师伶牙俐齿，自己给自己辩护，摆脱了一场不小的官司。侯法师觉得事情有些蹊跷，如果无人检举，官府是无论如何也找不到自己头上的。侯法师多方打听想弄清楚究竟是谁害了自己，终于他从衙役那里了解到，是苏善人为了赏钱举报了他。侯法师怀恨在心，一直想找机会报复苏善人，于是去年秋天他就把苏善人赚黑心钱的事情给揭露了出来。苏善人名誉受损，不得不变卖家产消灾。

苏善人的遭遇也怪他自己过于贪婪，侯法师只是背地里给人提供了苏善人赚黑心钱的证据，表面上看这件事情与侯法师一点儿关系都没有。可苏善人不那么看，尽管侯法师做的事情没人知道，苏善人总觉背后有他的影子。

侯法师觉得找苏善人帮忙并无不妥，苏善人绝对不会想到是自己把他弄得倾家荡产。自己找上门去说不定还能让苏善人改变对自己的成见。毕竟苏善人在竹里山庄还是有些影响力的，只要他肯出面，黼绣女的道场一定能够做成。再说这筑坛作法也是一件造福苍生的好事情，为了重塑他自己的形象，苏善人也不会不出面。

他悬着一颗心来见苏善人。

事情出奇地顺利，苏善人满口答应说，不仅可以出人，还可以亲自去湖岸上做些指导。侯法师喜出望外，去见勾庄主的不快烟消云散。这庄子上的人也有些奇怪，刚开始张罗筑坛的时候无人理睬，一旦事情有了眉目立刻就有人参与进来。看着来来往往几十个紧张干活儿的人，侯法师感动得说不出话来。苏善人露着满意的笑容，仿佛去年那场遭遇原本就没发生过。

摇摇晃晃，阿翁挑着土石担子从苏善人身边经过。苏善人让阿翁把担子从肩上卸下，说有话对他说。

正好阿翁累了，巴不得歇下来喘口气。

"你家小娘哪里人氏？"

"州府。"

"快一年了，怎么一直没见她家里人来过？"

"路远，不方便。"

"小娘怎么也不回去看望一下她的父母？"

"路途遥远……"

"是谁给你家做媒娶的小娘？"

"士孙老汉。"

"士孙老汉在什么地方？"

"大峡谷。"

阿翁见他没完没了，从地上捡起担子要走，苏善人将他拦下："别怪我打听得这么详细，我这是在帮你。"

阿翁不以为意："帮我什么？我家又没什么事情。"

"那可不一定。"说完这句话，苏善人看见侯法师正朝这边走来，又补充一句，"你干活儿去吧！"

阿翁挑起担子朝前走去。

侯法师来到近前，苏善人脸上的笑容不见了，埋怨侯法师说："明天有谁不愿意来这里筑坛，咱也不要勉强。"侯法师有些摸不着头脑，问："咋回事？"

"没什么，没什么。"苏善人淡淡地说。

阿翁是今天早上被侯法师硬从家里拉来干活儿的，侯法师说少年那场事多亏苏善人从中斡旋才保住了性命。如今苏善人参与筑坛这件事，无论如何也要还他一个人情。阿翁不好说什么，只能跟着侯法师走出家门。阿翁当然不关心侯法师与苏善人为什么能够搞到一起，然而苏善人问起少年与小娘的事情时，阿翁的心一下子悬了起来。好不容易熬到下工时候，他急忙赶回家里。

阿翁说下午不想去湖边干活儿了，少年看阿翁脸色不对，问他出了什么事，阿翁说他老了，干不了那活计。

少年没说话，自己挑起担子，准备接替阿翁。阿翁急忙跟了出来，他从少年肩上抢过担子，告诉少年不要去湖边，苏善人和侯法师都不是什么好东西。少年相信阿翁一定受了什么委屈，否则不会是这个态度，而且这件事说不定与自己有什么关系。

既然阿翁不让他去那就不去，少年原本就不看好侯法师和苏善人做的这件事情。

下午，苏善人也不见了，侯法师的脸色很难看。

没两天法坛就筑好了，侯法师站在湖岸边等待仙师的到来。一连几天都不见黼绣女的身影，侯法师心里有些发慌。竹里山庄的人说侯法师得了失心疯，自己办了一件荒唐事。

黼绣女不是不想来，她被在大峡谷的紫玹给缠住了。归星湖是庸夫人驻足过的地方，那里的人们对她念念不忘，黼绣女的招摇显然不合时宜。那天黼绣女刚走进大峡谷，就被庸夫人看见，于是紫玹就坐在溪流旁边，一边玩水一边等待黼绣女的到来。此时黼绣女心情不错，见到紫玹就上前去打了声招呼。紫玹站起，约黼绣女去自己的住处。两人携手向崖壁旁的竹林走去，迎面却碰上了绿珠和青玉。绿珠说她和青玉早就约好今天来看紫玹，几个人有说有笑地来到紫玹住处。

削岩底下是紫玹的草舍，左边道水成池，右边野花成幄；夏夜虫鸣蛙叫，冬日清风瑟瑟，一个人迹罕至之处。紫玹煮茶招待三位客人。

到了晚上绿珠、青玉还是没有归去的意思，黼绣女有些焦急，率先告退。紫玹哪里肯放她回去，说到了夜里几人一起观星玩耍。

一连几天，紫玹都把黼绣女留在自己的住处。青玉、绿珠玩够了，两人各自散去。

归星湖山里山外虫灾泛滥，侯法师决定自己登坛禳灾。事不宜迟，他选了一个吉利的日子，又从别的庄子里找来一些信众，只等开坛。登坛的前一天他还带着一群人去了湖边，对法坛做了最后的布置。阳光底下，挂上神灯和八卦卜图的法坛分外庄严。

第二天一早，侯法师一行人抬着香炉、红烛、乐器隆重地走出庄子，还没到湖边就有眼尖的人发现了不对劲，一丈多高的法坛不见了。

侯法师万万也想不到，仅仅过了一夜，千辛万苦好不容易筑起来的法坛就被毁了，七零八落。

侯法师丢掉令旗、宝剑，一屁股坐在地上，两眼直直地望着天空。莫非自己做错了什么惹怒了神仙，或是黼绣女自己拆除了法坛，还是……侯法师心里乱糟糟的。

他慢慢地冷静下来，一定是有人在和自己过不去，昨天夜里破坏了法坛。两三天的工程这么快就彻底毁掉绝非一人所为，这个人跟自己绝非一般的仇恨，就是要让自己在这里出丑。想到这，他看了看那些跟着自己来做法事的人，挥了挥手。

"苍生之厄非我能解，上天见责废了法坛，我们回去吧！"侯法师站了起来，收拾起地上的法器，板着脸朝庄子里走去。

同来的人落寞地跟在他的身后。

大峡谷的夜晚，除了草丛里的虫鸣，还有风掠过竹叶发出簌簌的声响。黼绣女早早就躺下了，紫玹给门口罩上网纱后在黼绣女的床榻旁边坐下，一个人望着蓝灰的天空出神。

天空很干净，干净得没有一丝云彩，峡谷对面的崖壁犹如巍峨的城墙，矗立在天幕下，清清楚楚。

远处传来几声凄清的鸟鸣，紫玹打了个哈欠。她看了看身边的黼绣女，黼绣女发出均匀的呼吸，大概她已经睡着了。

已经过了午夜，黼绣女悄悄坐起。紫玹已经睡去，这些天她的确很辛苦。黼绣女听了听外面的动静，蹑手蹑脚地下了床榻走了出去。

残月寒光闪烁，溪水寂静清冷。黼绣女不敢回自己的住处，她怕紫玹随后追来。她在岩石旁边藏伏了一小会儿，越过溪流朝对面的崖壁奔去。登上高岭，回头凝视，紫玹那边影消灯熄，一片寂静。黼绣女长出了一口气，心里说了句：紫玹，谢谢你们三个的好意。

她有些得意，望着暗淡的天幕，想象着归星湖烟香袅袅的场景，仙师端坐法坛，人们狂热地跪拜。

飘飘荡荡下了崖壁，乘着夜色黼绣女疾行荒野之上，一刻工夫她就能够到达归星湖。

　　高而虚玄的紫微充满了诱惑，任何精灵都十分向往，依托法坛离开苦乐无常的凡间，通天达地，自由自在地往来，这不是黼绣女自己的空想，她的先祖就走了这条捷径，有迹可循。

　　迷蒙的荒野上出现一道霞光，依稀可见一位手执拂尘的道姑迎面朝黼绣女走来。道姑越来越近，黼绣女想躲开已经来不及了。凉风习习，将黼绣女的头发都给吹乱了。黼绣女惧心顿生，低头侧立，希望自己不被道姑注意。

　　道姑偏偏在黼绣女身前停下。

　　"黼绣女，哪里去？"

　　厄运来到，黼绣女神色仓皇，张开双臂向半空逃去。

　　道姑拂尘一甩，黼绣女跌落在地："黼绣女，哪片云彩肯驮你？"

　　黼绣女坐在地上："你是谁？"

　　"我乃归星湖龙女，你且站起。"

　　黼绣女哆哆嗦嗦地站起来："仙姑找我为何？"

　　"我受你先祖之托，前来救你。"

　　"此话怎讲？"

　　"霹雳之事还曾记得？"

　　黼绣女一下无语，这次和紫玹偶然的聚会，听她说起归星湖山洞遭遇霹雳的事情，只是觉得紫玹有些可怜，心中没有一丝畏怯。此刻道姑又提起了霹雳，黼绣女这才想起自己过去的遭遇，那利剑般的闪光着实让她胆寒。

　　看着黼绣女的悲怆与迷惘，道姑心生不忍，她给这个无知的小精灵指了一条明路。

"黼绣女，如果你愿意，我给你找个去处。"

黼绣女一心想着摆脱平淡庸常，答应说："愿听安排。"

道姑说："从这里向西北，百里之外砀山有一仙家道场，我这就送你到那里修行。"

黼绣女当然懂得仙家道场的含义，在那里尽管自己还不如一个卑微的小童女，但总归有了出身。她跪下给道姑叩头："谢龙女。"

道姑将脚下的云彩分出一半给黼绣女，黼绣女站了上去。道姑用拂尘在黼绣女身上拂了几下，黼绣女顿觉神清气爽，既往的俗念荡然无存。

站上云彩，对黼绣女来说是梦寐以求的事情。此刻她为曾经的荒唐而恨悔，也为当下的幸运而欣喜，绿珠、青玉、紫玹没有这样的机会。龙女极少现身尘世，一旦错过不会再次相逢，黼绣女自然珍惜。

告别大峡谷渐渐远去，砀山就在眼前，为了一个美好灿烂的未来，黼绣女要在这里度过很久很久的时光，但这是值得的。终有一天她会脱去呆笨的躯壳，来一次华丽的蜕变，那时一个年轻靓丽的道姑出现天地之间。

道姑带着黼绣女走进庄严的洞府，这里没有香炉，没有圣像，一位娘娘半卧在幔帐后的床榻上，七八个侍女簇拥着她。

见道姑进来，娘娘坐起，侍女们一起向道姑行礼。

黼绣女在娘娘床榻前跪下。

"黼绣女叩拜娘娘。"

娘娘看着黼绣女，语重心长地说道："黼绣女，你天资聪颖，却难脱世俗。今入我门庭，当潜心修行，日后另有大用。"

一种说不出的喜悦从黼绣女心底升起："娘娘大恩。"

"起来吧！"

得到娘娘的准许，黼绣女站起身，看了看所有侍女，在最末一位侍女的旁边站下。

娘娘又和道姑说了一些话，与黼绣女都没有任何的关系。那些侍女全都规规矩矩地站着，像是在听又像是什么也没有听。

道姑向娘娘告辞，黼绣女眼里现着少有的温情，默默地看着道姑离去。自在的简单的恐惧的岁月远去了，另一种轻松的枯燥的烦闷的日子开始了。黼绣女知道自己的卑微与渺小，对未来已经有了心理准备。娘娘晴光素彩，奥妙神洁，自己就像一株小草将在她呵护下成长。

归星湖的虫患被一场大雨彻底消除，侯法师沉寂几天后重现街头，那情形，让人有些伤感。

一群小孩子围成大半个圆圈，侯法师站在中间，扯着嗓子叫喊："真人受命在凡间，跌个跟头碰破天。金乌玉兔跟我走，先除厉鬼后除仙。"

侯法师一会儿叫，一会儿唱，从庄子东头走到西头，又从西头走到东头……

竹里山庄的人都说侯法师疯掉了。苏善人听说后急忙到街上去看，侯法师身披八卦衣，手握桃木剑，两眼直直地盯着正前方，脸上带着古怪的笑。

苏善人有些吃惊，几天不见侯法师竟然成了这副样子。他心里倒也生出几分荒凉来，人啊！侯法师那死鱼般的眼睛，看得苏善人直冒虚汗。苏善人用双手搓搓胖脸，呆立了好半天才转身离开。他没有回家，直接去了庄后的野地。

夏天的田野很烂漫，阳光明媚，小路两旁开着各种各样的小花，西北风吹来地榆和艾草的香气，让人有些迷醉，但苏善人现在没有心思理会这些。

走出一段路，苏善人回头看了看庄子，家家吃午饭的时候，远近一个人影都没有。

他快步朝坟场走去。

苏善人爬上一座坟头，手指深深插入坟土，就像老鼠打洞，坟土从他裤裆下边向坟底倾泻下来，眼前出现一个不大不小的凹坑。

他的手碰到一块硬东西。

犹豫了一下，苏善人目光忽然凶狠起来，几下便把那硬东西从土里掏了出来：阳光底下晶莹剔透的一块石头——青月石。

青月石拿在手里，沉甸甸的，它埋在这里快一年了。拂去上面的湿土，苏善人仔细看着它，越看越有一种无法摆脱的负罪感。他紧走几步，来到一片树林边，用力将它抛在草丛里。

做完这件事情，苏善人也抛掉了压在心上的一块石头。自从在湖岸边把它捡起，也捡来了厄运，倒霉的事情一桩接一桩。如果不是在街头听到少年那句话，指不定自己会变成什么样子。这块丧气的石头也给侯法师带来了不小的麻烦，如今他人不人鬼不鬼的，足够了。

青月石静静地躺在草丛里，苏善人不希望它再次被人拾走。没有青月石的竹里山庄是太平的，远离祸患，人人安好。

　　苏善人走进庄子，经过少年家门口，苏善人扭头朝院子里看了看。少年正和柳吟向大门口走来。苏善人第一次看见柳吟，心里一动：这绝不是寻常人家的女子……

　　少年和柳吟出了大门，朝庄口走去，他们去山外阿姐家。

　　苏善人忽然想起那天在湖边与阿翁的对话。他转过身来，又去看少年。

　　少年和柳吟也正回头看着他。

十四　花间泽

感喟浮萍梗断，轻身邂逅尘樊。

降爱悲辛万古，空庭永日闲眠。

　　无论如何，少年也想不到花间泽会来竹里山庄。

　　花间泽很能干，不声不响地盘下来一间铺子，带着三四个伙
计开起了酒坊。人生地不熟也不怕，花间泽待客热情又能说会
道，几天工夫就和竹里山庄的三教九流——打鱼的、种地的、做
各种小生意的，混熟了。

　　这几天阿翁生病，找先生来家里看过，开了药。少年便拿了
方子去药铺给阿翁抓药。竹里山庄只有一家药铺，在庄子的正
中心。

　　少年从家里出来一直向南，上了大街再往西走过几个街口就
能找到那家药铺。离药铺还有一个街口的地方，少年瞧见一家新
开的酒馆，门口挑着酒旗，屋檐下面还挂着一盏红纱灯。来到近

前，少年看见红纱灯上清清楚楚地写着一个"花"字。这些日子少年一直待在家里，不知道庄子都有些什么变化，至于谁家在这里开了间酒坊他根本就不在意。

少年从门口经过时，酒坊里踉踉跄跄地走出两个男人来。

前面的是柴万金，后面的一个少年不认识，两个人像是一对酒友。

那个不认识的男人喝得眼睛通红，两腿也不大听使唤了，一只手扶着柴万金才能慢慢往前挪动。柴万金眼神呆滞，木然地看着少年。

看他俩喝得不成样子，少年生出几分厌恶，加快脚步想赶紧离开。柴万金却从背后把他叫住："等一下，我有话跟你说。"

少年很是无奈，在众人的注视下不得不停下来："阿叔，你有事？"

柴万金安排那个男人背靠一截儿树桩站着，自己上前拉住少年，样子十分诡秘："咱们找个地方说话。"

少年从他手里挣脱："阿叔有事现在就讲，我还急着去给阿翁抓药了。"

"你阿翁怎么了？"柴万金问。

少年淡淡地说："没事。"

柴万金不知听没听清，不急不躁地看着少年："阿叔就是想和你说说话。"

少年不想听他絮叨："阿叔！我有事，你自便。"说完转身离开。

柴万金脸色变得很难看。

少年不理他，往前走去。

背后柴万金小声嘟囔着："有你后悔的。"

少年听见，心中起了疑问。自打从石羊镇回来两家再无来往，柴万金今天的举动的确有些反常，他停了下来。

柴万金双手叉腰，看着少年的背影，显得很生气。

少年走了回来，在柴万金面前站下："阿叔，你究竟要说什么？"

背靠树桩站着的那个男人摇摇晃晃，上前拉了柴万金一把，柴万金眨巴眨巴眼皮，说了句："没事。"

少年认真看着他俩，想从他们脸上找到答案。柴万金有些不自在，随便支吾一句，伴着那人走开了。

一些人走进屋子喝酒，一些人走出来回自己家去，酒坊门口的人很快就没了踪影。就在这时，屋子里走出一个年轻女子来，她站在门口正朝少年这边看。女子的一举一动，少年都十分熟悉。

那是花间泽吗？不可能，她怎么会来归星湖？

分开已经两年，少年心上多少还有些牵挂，他有许多问题想要问花间泽，问她分别之后发生了什么，为什么到这里来了，而且还开了一家酒坊。想到此，少年往前走了一步。

可是再思及小娘柳吟和家中生病的阿翁，少年决定先去药房拿药，回家与柳吟商议之后再来见花间泽。

花间泽也注意到了少年，站在原地不动，等着少年过来。

然而，让她失望了，少年竟然转身走开了。

花间泽又细又尖的牙齿咬住了嘴唇，黑溜溜的小眼睛死死地盯着少年的背影，怨恨腾地一下从心底升起。一个伙计走出来招呼她，花间泽的目光还是没从少年身上移开。

伙计问花间泽要酒器，花间泽没有理会他。她就像一条贪恋美味的小猫，心思全在少年身上，直到少年的背影消失在药铺门口她才走回屋子。

伙计很妒忌：这混账东西，也不好好想想自个儿是谁。

担心花间泽还在门口等他，从药铺里出来少年没敢往酒坊这边看，手里提着两包草药一直向西，绕道回了家里。

阿翁偶感风寒，并无大碍，喝下一碗草药发了点儿汗，当晚就觉得好了许多。可少年却有些焦躁，柴万金拉住自己想说什么？还有花间泽，酒坊门口看见的真的是花间泽吗？她为什么这个时候来到归星湖？到底该不该和她见面？少年显然没了主意。

柳吟看出了少年的不安，问他是不是有什么心事。

想来想去，少年把那年野芒圃的遭遇以及白天在街上遇见柴万金和花间泽的事情讲给了柳吟听。

柳吟听完惊呼："这太离奇了！"

小夫妻俩一番商量，决定再去酒馆确认一下。

第二天一早，少年去了街上，逢人便打听是谁在那地方开了家酒坊，得到的回答全都一样——花间泽。至于花间泽他们是从哪里来的，没有人说得清。

两年前的那个夜晚在花间泽的帮助下少年侥幸逃脱，误入野芒圃的后果不可预测，孤身一人斗不过作祟的鼠家，想想就有些后怕。花间泽虽不可恶却也落俗，毕竟是鼠家成员没半点儿矜持，两只眼睛看着少年，大拇指和食指抓起一块狗肉就往嘴里填的样子真的让人很难接受。

一只成精的女鼠，躲她都来不及，少年可不敢再去招惹她。

柴万金从不酗酒，那天的醉意并不真实。乌云山庄一个生意伙伴去山外回来，路过酒坊便请柴万金喝酒。那人随便说起竹里山庄有人犯案，县丞已经派廷掾彻查，人怕是已经到了竹里山庄。柴万金多了一个心眼儿，将那人灌醉套出实情：几天前，少年被人告发拐带人口。

柴万金当着那么多人的面在酒坊门口拦住少年，是想告诉少年做好应对。看来柴万金真的急昏了头，不计后果竟然在那种场合说这样的事情，这不是他一贯的风格。那人虽然醉得不轻，但还是看出了端倪，赶紧把柴万金给弄走了。

从街上回来，少年听阿母说刚才勾庄主派人来，说有一桩拐带人口的公案要阿翁立刻前去回话。少年心中一紧，拐带人口，想必事关柳吟，没想到官府这么快就找上门来，而自己还没有一个应对的办法。

柳吟告诉少年，阿翁刚才出去时已经带上了他们的婚书，他们还得想想别的对策。

怎样化解危机？少年心里闪过一个个主意又一个个地否定了。少年知道自己这回是真的遇上了麻烦，尽管手里有士孙鉴的婚书，可没有人证官府是不会相信的。

"我有了办法了！我这就去酒坊找花间泽，求她出面为柳吟的身份作证。"

阿母十分不解，问："那人凭什么给你作证？"

少年回答："我认识她。"

留给少年的时间已经不多，他得赶紧出门。

柳吟告诉少年，不可勉强行事。少年答应一声匆匆去见花间泽。

花间泽正忙着招待客人，见少年进来，急忙给他看座。

少年故作沉着，说自己昨天离开是因为心急，没能看清花间泽站在门口。

花间泽看少年似有心事，便带他去了后院。

"你是什么时候回来的？"花间泽问。

少年说："快一年了。"

"听说你还娶了小娘？"

"嗯！路上遇到的。"

接着这个话题，少年将自己的心事和盘托出，花间泽毫不犹豫地答应下来。少年松了一口气，直到这时才想起问花间泽："你怎么会在这里开酒坊？"

花间泽脸上掠过一丝苦楚："你真的想知道？"

少年答应一声。

花间泽说，那夜少年翻墙逃脱，她躲在一间屋子里侥幸躲过太祖的追捕。鸡鸣之后她开始了流浪生涯。几个月前与仇人争斗时受了内伤，来竹里山庄是为了寻求救治。

少年问她伤可恢复，花间泽愁眉紧锁，说已经用过很多药饵可都没有效果，眼见一天比一天虚弱。少年有些焦急，问她可有别的治法。

花间泽面露难色，说治法是有，可没人能帮助自己。少年问她究竟要得到怎样的帮助。花间泽说如果有谁肯让她吸上几口心血，身子就能复原，到现在还没有一个人可以帮助她。

少年一下子陷入尴尬境地，自己有求于她，偏偏她又起了这个念头。吸血疗伤，真假难辨，天底下怎么会有这样的事情？

花间泽低下头，不再言语。

少年心中满是别扭，想走，又略微有点儿不好意思。

花间泽慢慢抬起头来，还是那张瘦脸，确确实实少了几分血色。两人目光再次相遇，少年有了一种靠不住却又觉得分明真实的感觉：她不是花间泽。

少年努力回想那天夜里的每一个细节，野芒圃那个鬓插鲜花的花间泽与此时面对的女人虽然容貌相像，举止却有着明显的差异，就连她们说话的声音也不太一样。

少年有了主意，站起身告辞："我该走了。"

花间泽抬头看着他："再坐一会儿吧。"

"不了，我阿翁还在勾庄主那里，我得回家看看。"少年转身就走。

花间泽没有跟上，一直坐在那里看着他。

刚刚走出酒坊，少年回头看了一眼，伙计从门里伸出头来正在看他。这场景跟野芒圃极其相似，他一下想起了梁头睖。

那么，这个自称花间泽的人又会是谁？

是谁又有什么意义，他们原本就是一伙儿，一个女鼠，几个男鼠。

少年责备自己荒唐，不该来到这里。还有那些庄子里的人，尤其是柴万金，他们毫不知情，与一个女鼠纠缠在一起。

花间泽也想不明白到底哪里出了纰漏，少年这么快就离她而去。

这时，伙计从外面走了进来，问花间泽："他肯了？"

"没有。"花间泽有些泄气。

伙计问："是不是给他看出了破绽？"

花间泽说："应该不会。"

"他还会来吗？"

"不大可能。"

少年回到家里没一会儿，阿翁也回来了。

事情没有少年想的那么严重，勾庄主当着廷掾的面问起柳吟的身世，阿翁据实相告。勾庄主也为少年做了开脱，廷掾看完士孙鉴写的婚书后就离开了竹里山庄。

虚惊一场，不用拜托花间泽为柳吟作证了。少年把去酒坊见花间泽的经过说给柳吟听，但他隐瞒了花间泽想要吸血的事情。

接下来的两天一直阴雨连绵，街上很冷清，少有人走动。花间泽的酒坊生意也冷清下来。

柴万金却是酒坊的常客。今年闹驴瘟，没有了生意，每隔几天柴万金就要到酒坊来喝上几杯。他靠的就是这间酒坊来打发寂寞，再说酒坊的主人还是一个未曾婚配的小娘。

快到中午，天有些放晴，柴万金又来见花间泽。

见是柴万金，花间泽很高兴："雅人，吉祥。"她喜欢这样叫他，柴万金听了十分受用，便摆出一副斯文的样子来。柴万金哪是什么雅人，这称号用在他身上糟蹋了全天下风雅之士。

柴万金说："酒姐吉祥。"

"快进来吧！"花间泽热情地招呼，仿佛是一对多年不见的老友。

柴万金带着净与不净的念头走进屋里。

"伙计都哪儿去了？"柴万金问。

花间泽回答说："这几天没生意，打发他们回家看看。"

柴万金笑笑："倒也清静。"

他在一张小食案后面坐下。

"我们到后院去吧！那里比这还清静。"

看着花间泽曼妙的身子，嗅着女人的气息，想着荒唐而浪漫的场面，柴万金不再犹豫。他站起身，跟着花间泽走了出去。

花间泽将柴万金领进一间卧室，叫他稍等一会儿，自己去张罗酒菜。

临出门时，她又回头看了他一眼。

柴万金心怦怦直跳，他实在是没有能力控制自己了。

不一会儿，花间泽就端进来一碟凉拌莲藕、一碟清蒸鲈鱼和一壶热酒，坐在了柴万金的对面。

花间泽今天打扮得很好看，换了一身新长裙，头上插着一根带白玉坠的银钗，一双媚眼情意流转。

柴万金心里舒服，自己倒满一杯酒，很潇洒地喝了一口。

"见过许多耐看的小娘，跟你比，都算不了什么。"柴万金说。

花间泽说："是吗？"

"当然。"柴万金看了花间泽一眼。

花间泽微微一笑。

柴万金又说："酒美，不如人美。"

花间泽有些不好意思，低下头去："我美吗？"

"美！真的很美！"柴万金看她的目光越来越放肆，一点儿顾忌也没有。

"光美有什么用，孤孤单单的，连个能够说知心话的人都没有。"花间泽这句话对自个儿清纯的形象是一个大颠覆，也将柴万金送上一条倒霉之路。

柴万金说："我跟你说，你想要我给你做点儿什么？"

花间泽红了脸："我不要你给我做什么。"

柴万金说："不要脸红，你就痛痛快快地告诉我，要不要跟我好？"

"嗯！"花间泽点了点头。

柴万金完全沉浸在幸福之中，他一把拉过花间泽，轻轻抚摩她的长发。花间泽依偎在柴万金的怀里，小手在他胸口轻轻抚摩着，细声细气地说着话："你当真对我好？"

"当真。"

"那我要你点儿东西，你肯给吗？"

"你要啥我都能给你。"

"我想吸你三口心血。"

柴万金以为她是开玩笑，血在自己心里，不信就能被她吸走。他毫不犹疑地答应："别说三口，只要你高兴，三十口也没问题。"

花间泽说："只是我有些不忍。"

柴万金胆子大了起来，解开胸前的衣带。

花间泽盯着他的胸膛:"我可真的吸了?"

"吸吧!"柴万金背靠墙壁,闭上眼睛。

花间泽微微一笑:"我只要三口。"她张开了利嘴。

柴万金并没感觉有心血往外流出,可花间泽着实咕噜咕噜地吞咽着。

她很守信,吸吮了三口。

柴万金睁开眼睛,花间泽的嘴上没有一丝血迹,到这时他还以为这是两人之间的一场游戏。

"要是能再让我吸两次就好了。"花间泽显然没有满足。

柴万金定了定神,没有什么不适:"那就再让你吸两次。"

花间泽露出欢喜,脸上泛起了红润:"七天以后。"

"七天以后。"柴万金答应一句。

花间泽抹了抹嘴,说:"你可一定来。"

"一定来。"

这时伙计过来叫花间泽,酒坊里来了几个客人,要花间泽赶紧过去招待。

柴万金不情愿地站起,向花间泽告辞。

对付男人,花间泽确实有一手。

又过了几天,柴万金牵着自家一条黑犬出了家门。

驴贩子要干什么,改行卖犬?庄子里的人不禁在心中嘀咕。几个闲汉跟在他的身后,直到他走进酒坊的大门,人们议论开了。

"驴贩子这是要干什么?"

有知情人说："驴贩子跟酒姐好上了。"

柴万金是从伙计那里知道花间泽喜欢这一口的。为了讨花间泽的欢心，柴万金拼了。

看见柴万金牵来一条黑犬，花间泽两眼发亮，她已经好长时间没享受到这道美味了。柴万金心里喜滋滋的，看来讨女人欢心还是要下点儿血本的，然而他内心深处那个荒唐而浪漫的念头，到底还是没能实现。

绞杀，剥皮，除脏，柴万金手法娴熟，不大工夫狗肉就摆上灶台。接下来的事情全交给伙计，柴万金和花间泽双双去了屋子里歇息。

很快，就有人跑去柴万金家，把这一消息告诉给了太夫人。听说自家养的黑犬下了花间泽的汤锅，太夫人不干了，要大娘子赶紧去酒坊阻止柴万金。

平日里柴万金对大娘子的娘家人就不怎么待见，最近又总往酒姐那里跑，大娘子早就憋了一口气。现在有了太夫人的命令，大娘子下了决心要整治柴万金，从太夫人那里出来就往酒坊那边赶。

大娘子一脸怒气地出现在街上这还是头一次，接下来肯定有什么事情要发生，一群闲汉不言不语地跟在她身后。

大娘子刚进酒坊大门就直奔后院，那些闲汉站在街边踮着脚尖向酒坊院子里面张望。

伙计正在院子里的灶台前烧火，锅里飘出狗肉的香气。大娘子一句话不说，径直朝花间泽居住的那间屋子扑去。

伙计一把将她拦住："你找谁？"

大娘子横眉竖立："躲开！"

伙计尽职尽责，就是不放大娘子过去。

大娘子转身奔向灶台，抓起锅盖丢向一边。不怕那热汤烫着，大娘子双手揪着锅沿，一使劲将一锅汤肉掀翻在地。

伙计急了，上前就打。大娘子也不害怕，抄起案板上的菜刀朝伙计砍去。

伙计回身就跑："出人命啦！"

大娘子立在院子当中叫喊："柴万金，给我出来。"

屋子里，柴万金的脸一下子变得惨白。花间泽倒是镇定自若，告诉柴万金千万别出去，外面的事情由她来解决。

柴万金点头应允。

花间泽走了出来："这是谁家婆子，跟个夜叉似的？"

大娘子倒要看看这小娘她生得怎样，靠的什么能把自家男人的魂给勾走。可花间泽往她面前一站，大娘子却有些诧异。

花间泽精瘦精瘦的，头发披散着遮住半张脸，嘴唇尖尖，只有一只眼睛可以睁开看人。

大娘子不相信这就是花间泽，问："你是谁？"

花间泽说："酒姐花间泽，认识一下吧！"她那仅有的一只眼珠子在眼眶里转了一圈。

大娘子头皮发麻，脊背凉飕飕的，可她还是不肯罢休："叫柴万金出来。"

花间泽并不回答她的问话，往前走了两步，衣袖里伸出一只毛茸茸的小爪子，在大娘子眼前抓了两下。

十四　花间泽

大娘子被吓得魂飞魄散，转身就往外头跑，花间泽和伙计紧紧跟上。

跑到酒坊门口，大娘子躲到那群闲汉身后头。再去看花间泽，她完全变了模样，变成温柔文静、人见人爱的酒姐。

惊魂未定，大娘子指着花间泽问："你是人是鬼？"

花间泽笑容可掬："这是说的什么话？当然是人喽！"她往上捋了捋头发。

大娘子仗着胆子叫喊："叫柴万金出来。"

花间泽看着大娘子："你先回去吧！柴万金说了，他要娶我进门。"

看热闹的闲汉全都笑了。

大娘子一阵哆嗦，顾不得面子，赶紧跑开。

回到家里，大娘子一头扑在床榻上，昏昏沉沉地睡了过去。

傍晚时分，柴万金回来了，太夫人先将他叫去训了一顿，又要他吃完饭去给大娘子赔礼。柴万金哪还有心思吃饭，直接回到自己屋里。

大娘子躺在床榻上两眼直勾勾地看着屋顶。

柴万金站在床榻边上看了半天，大娘子一动不动，始终是那个样子。柴万金试着推了大娘子一把，大娘子稍稍动了一下。

他凑了过来想和她说说白天的事情。

大娘子坐了起来，见是柴万金，大叫一声："鬼！你是鬼！"

柴万金有些恼怒：不就是多去了几次酒坊，犯得上你这么折腾？他转身走了出去，一夜未归。

第二天，太夫人派人将他找到，说大娘子癫了。柴万金这才怕了，再也顾不得面子，赶紧回家找人给大娘子瞧病。

大娘子精神恍惚，整天躺在床榻上，说的都是活见鬼的胡话。

柴万金也很委屈，在花间泽身上没占到便宜却落下了坏名声。更让他烦恼的是，大娘子整天疯疯癫癫，一点儿好起来的迹象也没有。

家住山外的几个娘家兄弟听说大娘子病得不轻，一起前来探望，看见阿姐呆滞惊恐的目光个个都非常生气，便问起阿姐害病的经过以及柴万金与酒姐的故事。柴万金遮遮掩掩，说了许多为自己开脱的话。几个娘家兄弟还是寻了柴万金一个不是，用拳头狠狠地教训了他一顿。

当天夜晚，花间泽的酒坊着起了大火，火是从后院烧起来的，那时庄子里的人睡得死死的，等人们发现时火光已经照亮了半个天空。大火一直烧到天快亮的时候才熄灭。大火过后人们再也没有看见伙计和花间泽，有人说他们几个已经在大火中化成了灰烬。

此后柴万金很少出门，偶然出现在街上也少了傲气，蔫蔫的。

在家里憋了十多天，少年想出去看看归星湖。出了庄子，少年朝湖边那块巨石走去。在水边不远处，少年停了下来。

他远远望见巨石旁边站着一个女子。

一看那背影，少年心上闪过一个荒唐而可怕的名字——酒姐。

酒坊着火的事少年是从阿翁那里听说的，酒姐一行不是已经消失了吗，怎么出现在这里？如果她不是酒姐，那她又是谁呢？

风从少年耳边拂过，带来一个女子的心声："记着，你欠我一个人情。"

花间泽！一定是她。她怎么会在这里？

少年有些犹豫，不知道该不该继续往前走。

岸上不算太远的地方有几棵竹子，它们的背后是一大片茂密的竹林。从这里向湖中心望去，一派苍碧，更远的地方山水烟云混成一片。少年心绪复杂。

野芒圃那个夜晚，月亮被几片云彩遮住，他跟在花间泽身后，弯着身子前行，穿过竹木丛生的小径，两人来到高墙底下……

急切中他踩着她的后背爬上高墙，摆脱了一场灾难。至于花间泽后来怎样，少年一直不敢想。

毕竟她是一个女鼠。

可她又有别于其他女鼠。

少年在意她是一个女鼠的同时，又把她当作自己的救星。

他矛盾着，心中反复追寻这场可怕、可哀、可艳的旧梦。

隐约觉得有人来到自己身边，少年扭头一看，花间泽就在身后几步远的地方站着。

少年吓了一跳，但很快就镇定下来。花间泽想去哪儿那是很容易的事情，不会像普通人那样慢腾腾地挪动脚步，甚至影子都不会留下。

少年站起身来，看着花间泽。

花间泽淡淡一笑。

少年又看到了那久违的笑靥，但心中的疑惑还是没能完全消除。

花间泽问："信哥儿，还认识我吗？"

少年不敢确定："你是酒姐？"

花间泽说："我不是酒姐，我是花间泽。"

少年问："酒姐是谁？"

花间泽有些气愤："豕里眉，她败坏了我的名声。"

少年明白了，豕里眉已经把坏事做到了极致。

"她去了哪里？"少年问。

花间泽说："她死了，被人砸破了脑袋，跌入火中化成了灰烬。"

"谁放的火？"少年又问。

花间泽说："不是我。"

少年仔细打量着花间泽，她头戴斗笠，穿着一件宽松的长裙，手里握着一支竹笛。

花间泽的确是一个标致的女子，一个鬓插鲜花往嘴里塞狗肉的女子——少年一时半会儿摆脱不了这场景，野芒圃给他的影响太深了。

"你怎么会在这里？"少年问。

花间泽回答说："向你道别。"

少年不明白她说这话是什么意思："向我道别？"

花间泽却沉默了，什么也不说。

少年有点儿急切起来，想快点儿知道她来这里的目的。

"你来这里做什么？"

"不做什么。"

她的回答让少年很是无奈。

"你现在在哪里？"

"我就在你身边。"

少年听了她这句不着边际的话，索性不吱声了。

空阔的湖面上，连一条船都没有。风很轻，水波也很温柔，花间泽的心却很空落。在罂口道观里，少年因为七彩霞衣被很多精灵注意，一到夜里它们就试图接近少年。花间泽全都给化解掉了，她怕少年受到伤害。如今少年回到了家里，也娶了小娘，她也该离开了。少年对此却是一无所知。

两人就这样面对面地站着，少年有些尴尬。

花间泽看着少年，眼神有些诡秘，那个夜晚她曾称他为夫君。

少年意识到了，略微有些不好意思。

花间泽不想难为他，目光投向别处。

身后的矮树上，不知什么时候飞来一只仓鸮。

苍鸮看着花间泽，一动不动。

花间泽也察觉到了矮树上的这只精灵，转身看着仓鸮。

仓鸮与花间泽对视着。

竹林那边起了风，竹叶摇动着，簌簌地响。

少年转身看着那片摇动的竹林，花间泽视线离开仓鸮，随着少年朝竹林那边看，那里是她栖身的地方。

看着看着，两人就越来越觉得无趣了。

没有什么话说，两人又默默地看了一会儿湖水，临分手时，花间泽显得很消沉。

她小声说："我该走了。"

少年问她："你要去哪里？"

"没有一个固定的地方。"花间泽回答。

少年又问："什么时候还能见到你？"

花间泽想了想，说："其实，我一直就没有离开过你，只是你不知道。"

少年心里一颤，两年来花间泽一直跟着自己。大峡谷、洹水埝，还有嚣口，自己的一举一动都在她的眼皮子底下，可自己没有丝毫的察觉。

"你说的都是真的？"少年问。

花间泽说："我没骗你。"

"为什么要这样？"少年又问。

花间泽回答说："我不放心你一个人去那么远的地方。"

一种说不清楚的滋味涌上少年心头，他呆立着，不知道该对她说什么。

"这里再没我什么事情了。"说完，花间泽转过身去，慢慢地走上一条小径，绕过几棵竹子，正前方是那片茂密的竹林。

少年看着她，直到她走进那片绿幕。

花间泽风一般地来，又风一般地去，了无痕迹。她有自己的未来，不可能长久地留在少年身边。她背影消失的这一刻，少年还是不明白，花间泽已不再是一个女鼠，就如同绿珠、青玉、紫玹，她们全都摆脱了既往。

花间泽走了，大概不会再回来了，少年心上生出一种荒凉。

又站了一会儿，少年才往回走去。

他一下想起矮树上的仓鸮，转身再去看时，仓鸮已经飞走了。

十五　归星湖

微月沉沉欲尽，疏星点点更残。

青士幽幽细语，平湖滟滟微澜。

秋雨绵绵，一连下了十几天。

早晨，雨停了，天空还是阴沉沉的，竹里山庄到处都飘浮着一股霉味。

路是潮湿的，房屋是潮湿的，湖面泛起的白雾将竹林和对岸的峰峦全都隐藏起来。没有风，白雾开始向岸上弥漫，很快就吞没岸边所有的庄子。

这么大的白雾十分常见，归星湖的人们不以为意。

下午，白雾开始消退。庄子里的人走出家门，去街上，去田里，去湖中，做自己该做的活计和营生，没有人觉察到灾难即将发生。

几天后，竹里山庄的人们终于察觉到了异常。

燕子一动不动地藏在屋檐下；乌鸦敛起翅膀，双爪牢牢地抓着树枝，生怕睡着的时候从高处掉下来；院子里的狗趴在窝里昏昏欲睡，即使有生人从身边经过也懒得抬起头来看上一眼；苏善人家老房子的横梁不知什么时候长出几朵灰色的蘑菇；柴万金的大娘子，赤条条，大白天跑到了街上。

一个更可怕的消息从瀍濑山庄传来，几乎所有去过湖边的人回到家里都开始昏睡，有人不吃不喝没几天就死掉了。一些没有到过湖边的人也会变得神志不清，最终还是不明不白地丢掉了性命。

有人说从归星湖飘来的不是白雾，而是一种瘴气。瘴气漫过竹林向四周扩散，所到之处疾疫流行，乡民相继沦没；又有人说归星湖里藏着一条黑龙，黑龙夜里在归星湖的上空飞行，瘴气是黑龙口里吐出来的。

更远的乌云山庄也没能够躲过这场灾难，许多人家已经开始逃往山外。

山外的人也忧心忡忡，担心瘴气什么时候就会飘到这里，其实他们更害怕的是从归星湖逃出来的人会把疾疫带到山外。

担心终于成为现实，归星湖的疾疫迅速蔓延开来，由近及远，许多庄子相继沦陷，每天都有人因疾疫而殁去。消息传到县城，那里的人们也开始了外逃。县丞吓得不轻，躲在宅子里派出家丁日夜把守大门，不许一人从他家门口经过。

勾庄主也慌了，太夫人这两天昏昏沉沉又不肯用药，怕是厄运难逃。慌不择路，他把管家叫到身边。

勾庄主说："太夫人不肯用药，咋办？"

管家说："用药怕也无济于事。"

勾庄主说："莫不成就这么等死？"

管家说："这还不到晌午，我去一趟寺院，找大和尚问个法子。"

勾庄主说："大和尚不是说出家人不过问红尘中的事情吗？"

管家说："上次是因为小孩子，大和尚不想卷入那场是非。这次不一样了，是为了太夫人。再说，这两年的谷米和香火钱他也收下了，没有理由不给咱做点儿事情。"

勾庄主听了，心情稍稍好转："你现在就去。"

管家走进寺院的时候，香烟缭绕，大殿外面站满了人，大和尚与众僧人正在做法事。庄严的场面一下子打消了管家的顾虑，众僧人时刻把拯救苍生的事情记在心上。

看来一时半会儿大和尚是很难有空闲的。

人堆里，管家一眼看见了苏善人，他左顾右盼不知在张望什么。管家压根儿就不想理睬他，装作没看见他，低头与众人一起口念佛号祈福祝祷。

中午时候，法会结束，管家立刻去见大和尚。这次，大和尚主动问起管家因何而来。

管家将太夫人身体欠安的事情说与大和尚。

大和尚想了想，说："施主回去告诉庄主，太夫人染了风寒并无大碍，百姓却有性命之虞。"

管家说："如何化解？"

大和尚说："人心向善，佛法无边，庄主知道怎样去做。"

　　管家心领神会，赶紧告辞。

　　更早的时候，疾疫就已经扩散到了溪汕，庄子里每天都有人殁去。阿姐吓坏了，整日为少年一家担心。一天早上，她把儿女留在家里一个人来到竹里山庄。

　　阿姐提心吊胆地走进庄子，街上冷冷清清，一个人影都没有。来到阿翁家门口的时候，阿姐站住，定了定神才走进院子。

　　屋子里传来阿翁说话的声音，阿姐这才拉开屋门走了进去。

　　阿母惊慌地看着阿姐，问怎么不见外孙和外孙女。阿姐看见一家人安然无恙，紧张的情绪得以放松。她告诉阿母，两个孩子全都安好。

　　一年前的柳吟与现在的柳吟，都让阿姐喜欢，但两人这次都没有更多的言语交流。

　　阿姐带来一些藿香和紫苏，她听人说，用这两种东西煎汤洗浴可以消除疾疫。山外的藿香和紫苏都已经给人拔光了，如今想买上一把少不了十几个铜钱。

　　少年告诉阿姐这两种东西根本没有用处，白白搭上许多铜钱。他要阿姐回到溪汕家里，这一段时间哪儿也别去。

　　阿姐问少年有什么法子可以避祸。少年想了想，说："这场祸患，恐怕无解。"阿姐听了，神色黯然。

　　下午，阿姐回到家里，照少年说的样子闭门不出。

　　与其他庄子相比，竹里山庄已经不再沉寂。一个上午，侯法师出现在了大街上，又是曾经的打扮，八卦衣桃木剑。侯法师盘腿坐在一棵柏树下，身前跪着一个汉子。侯法师双目微阖，口里念念叨叨，但听不清他说的什么东西。

汉子是一副生面孔，一看就不是本地人。

他们的身边围了一圈看热闹的人。

无须担心，侯法师可没有疯掉。

侯法师睁开了眼睛，汉子从口袋里掏出两串铜钱放在侯法师面前，说："感谢大师救我一家，一点儿薄礼还请大师笑纳。"

侯法师面有不悦："吾乃方外之人，岂能受你俗人之礼，赶紧拿了去。"

汉子坚持要侯法师把两串铜钱收下，侯法师转过身去，看着别处。

法师就是法师，救人水火就是不图回报，汉子将两串铜钱收起，再三称谢。

温情在竹里山庄人的心上流过，身边所有人都被侯法师给感动了。此刻，侯法师就是救苦救难的活菩萨。人们为曾经对他的不屑和怠慢而羞愧。

一个男人问汉子："你是哪里人？"

汉子说："我家住山外，几天前侯大师路过庄子，救活了我一家子。"

男人又问汉子："大师怎样救了你一家？"

汉子说："大师朱笔画符贴在我家门上，从此灾瘴无干。"

还未等男人再问，汉子便转过身去向侯法师告辞："大师恩德铭记在心，容当后报。"

侯法师像是没听见他的话，只顾念念叨叨。

汉子走远了，侯法师看着身边的人，说："你们都看见了，归星湖这场灾难无药可解。若想活命，只能求助神仙。"

又一个男人凑上前去，问："敢问法师，我等见不到神仙，怎样才能求助？"

侯法师两眼有些发直，变了声调说："我就是神仙。"

男人有些诧异，侯法师怎么说着说着就变了声调？他赔着小心问："您是神仙？"

侯法师："然也。"

听说法师就是神仙，男人说话有些不利落了："神仙……神仙来了……"他想走开，却被身边的人一把给拉住了。

"你把神仙给请来了，接下来可怎么办？"

"我全家人都好好的，不麻烦神仙。"

侯法师说话了："施主请留步。"

男人很不情愿地留下，看着脚下的侯法师。这场面颇有些尴尬，神仙坐在地上，竟然要仰起头来去跟一个男人说话，这无论如何都有些说不过去。

侯法师示意男人坐下，男人看了看身边的人，硬着头皮坐在侯法师面前。侯法师又闭上了眼睛，说："施主，你可知道我是谁？"

男人回答说："你是……你是侯法师。"

侯法师很不高兴，说："告诉你，我是张天师，专门给你们消灾来了。"

男人没有反应过来。

听说天师下凡，刚才还在看热闹的闲汉齐刷刷地全都跪了下来，七嘴八舌地哀告天师解禳灾祸。

男人对眼前这个天师还是存有疑问。

坐在大树底下，看着一大群昏头昏脑的家伙，侯法师十分受用，这场面过去他想都不敢想，今天……嘿嘿……他心中幻化出一个图景：今后，竹里山庄，瀼濑山庄，乌云山庄……整个归星湖，谁见了他侯法师都得谦卑地弯下腰去。即使是勾庄主，见了侯法师也得拱手打声招呼。

侯法师清了清嗓子，发话了。

"列位善男信女，吾乃张天师是也。归星湖疾疫流行乃妖孽所为，我奉玉皇金旨为万民除害。"他一下子从地上蹦了起来，一手食指指着庄外，一手挥起桃木剑朝空中刺去。

听说出了妖孽，人们惊慌失措地全都从地上爬了起来。胆小的扭头就跑，胆子稍微大一点儿的站在远处观看。

起风了，天空传来一阵沉闷的雷声。

"你们听见没有，雷公电母已经来到。"侯法师回头看着身后的人。

听见雷声，人们没有理由不相信侯法师。不对！应该是相信临凡的张天师，他正在拯救苍生。

侯法师一把扯下头上的巾帻，头发披散下来，遮住了整张脸，大喊一声："妖孽，哪里走！"他指着前方不远处的一棵柏树，冲了过去。

几个胆大的汉子，紧跟在他的身后。

侯法师在柏树跟前停下，挥起桃木剑冲着柏树的叶子一阵乱砍。

"雷公电母，快快助我，风来……"侯法师双臂张开，仰面朝天，大声吆喝。

风没有来，云也在散去，侯法师的法术打了很大的折扣。闲汉们看得并不过瘾，他们怀疑眼前这位张天师的真实性。

今天权当是做个铺垫，是大场面到来前的预演，侯法师收起桃木剑，看着身边这帮闲汉，似乎对刚才发生的事情一无所知。

闲汉们大眼瞪小眼地看着侯法师，然而侯法师就这么草草地收场了。妖孽到底除掉没有，归星湖的疾疫能不能消失，全都没有答案。

侯法师当然要做一番补救，他看着一个离自己最近的汉子。

"你们都在看什么？"

"看神仙呀！张天师下凡除妖。"

"张天师在哪里？"

"你就是张天师，刚才在这里除妖。"

"我是张天师？"

"是不是张天师，你得问自个儿呀！"

侯法师更加懊恼，在家里演练了好多遍的事情到底还是出了纰漏，没给自己留一个把戏演下去的机会。

神仙说走就走了，连个招呼都没打，闲汉们也失去了留在这里的兴趣，丢下侯法师各自散去。

侯法师的手伸进口袋，碰到一沓子写好的灵符。这么重要的事情居然给忘记了，一张都没送出去，看来今天的运气不算太好。接下来该怎么办，他显然没了主意。

呆立半响，侯法师正准备回家，街后传来念诵佛号的声音，是寺院里的僧人在做法事，大和尚与勾庄主带来的人在为归星湖祈福，祈祷疾疫尽早消失。

侯法师停下来，凝神听了一会儿，忽然笑出声来。他也乐见疾疫早点儿消失，起码竹里山庄的人会认为这其中有他一份功劳。

遗憾的是侯法师没有等来这一天，回到家他就病倒了。几天后的一个夜晚，侯法师离开了人世。

听到消息，苏善人一大早就来了。没有人去请他，是苏善人自己来的。在竹里山庄，凡是有人故去，那家子就会请苏善人过来帮忙，苏善人当然也会有一两串铜钱的进账。这次苏善人是不请自来，来了也就来了，侯法师的家人不好再说什么，只能按着惯例办事。

侯法师下葬是在当天下午，在苏善人的张罗下，十来个汉子抬起棺材朝庄后那片坡地走去，苏善人与侯法师的几个同宗兄弟跟在他们身后。

棺材在侯法师先祖的坟前停了下来，人们在那里挖好了墓穴。苏善人嫌墓穴不够平整，方向也不对，大小更是毛病。

苏善人给许多人办过后事，从未如此尽心。

一个干活儿的人嫌苏善人多事，嘟嘟囔囔地说："哪儿来那么多的讲究。"

"这关乎侯法师晚生下辈的运气，马虎不得。"苏善人听见，盯着那人，一本正经地说道。

那人很是不快，走上前来想与苏善人理论一番，被身边的人拉了一下，那人便不吭声了。

侯法师的几个亲戚无言地看着他们两个，眼里闪着不可捉摸的亮光。

在苏善人挑剔的目光下，人们改了又改，费了好多力气才算把墓穴弄好，把侯法师妥妥当当地埋到了地下。

活着的苏善人与已经死去的侯法师从此没有了交集，两人心中的芥蒂也该消失。苏善人如此仁厚，侯法师真得好好地揣摩，仔细品味一番。

折腾了半辈子还是没有风光起来的侯法师安静地躺在了地下，人们互相对望着，说不清楚他们心里到底在想什么。

侯家的子孙带来纸马、纸房子一类的东西在坟前烧化，烟雾腾腾，苏善人往旁边挪了挪，看着坡上一座座馒头般的坟墓。

人们将挑着白色纸条的竹竿插在侯法师带着新泥气味的坟顶，纸条在风中寂寞地飘动着。

侯法师先祖坟顶上的凹坑清晰可见，但所有人都忽略了。大概侯法师活着的时候自己都没有发现，或者他和他的子孙好多年都没来过这里了。

倒霉的侯法师死于疾疫，这是明摆着的事情，苏善人总觉得不是这么简单。凹坑无声无息，却日日夜夜面对苍穹，诉说侯家的不幸，同时也在诅咒苏善人的不端。

苏善人脊背一阵发凉，额头却冒出了汗珠。

虽然到了秋天，但天气依然很热，干活儿的人全都穿着短褂子，侯法师的子孙们受不了那烟火熏烤，个个满头大汗。

站在这里，实在是一种煎熬。这一年来，每当想起给侯家祖坟埋下青月石，苏善人就会不安，那的确是他的一块心病。

青烟缭绕，侯家子孙们用树枝拨弄着没有烧透的纸灰。没有事做的人全都看着苏善人，他不说回去谁也不能离开。

田野上的风吹了过来，苏善人头上的汗珠被慢慢吹干，心也一点点地安定下来。

苏善人再次观察了侯法师的新坟，说了句："回去。"

他第一个走出了坟地。

既然已经散伙儿，人群就不像来时那么规矩，稀稀拉拉漫不经心地跟在苏善人身后。

苏善人不急不躁地走着，人们在后面打量着他，说："善人就是善人。"

这天晚上，少年早早睡下了。

恍惚之间，他看见一只孔雀从东北方向飞来。少年一下子坐了起来，柳吟问他怎么了。

少年想了想，说："火孩儿来了。"

"火孩儿是谁？"柳吟问。

少年说："一只蓝孔雀。"

"他在哪里？"柳吟又问。

少年说："他已经到了湖边。"

柳吟有些疑惑，怕是少年出了幻觉，说："会不会是你胡思乱想了？"

少年显得很自信："他就站在巨石上，我该去看看他。"

已经是二更天，柳吟不放心少年一个人去归星湖，见拦不住他，只好陪他一起去湖边。

两人穿好衣服，悄悄地出了家门。

柳吟有点儿惧怕了——因为她觉得归星湖仍旧会有瘴气，尤其是夜里湖上更加凶险。尽管少年与她说起过庄子里流行的疾疫与归星湖一点儿关系也没有，柳吟还是无法摆脱心中的阴影。

"我有些怕。"

"怕什么？"

"我也不知道。"

"我有一件霞衣，你在我身旁，也会得到护佑。"

"霞衣在哪里？我怎么没看见。"

"彩霞作衣，你当然看不见。"

柳吟相信少年，心思从对夜的恐惧中转到了霞衣上。

"霞衣是从哪儿弄来的？"

"不是弄来的。"

"那它是怎么来的？"

"不告诉你。"

"霞衣什么颜色？"

"七种彩色。"

"它一定很好看。"

…………

月明星稀，庄子里面静悄悄的，连狗叫的声音都没有。夏夜的宁静，既是一种憧憬，又是一种激情。身边有柳吟相伴，少年感到了从未有过的踏实。

出了庄子，继续往前走，千竹万竹，历历在目。归星湖就在前头，巨石上闪着一团亮光。

柳吟看见了，说："湖边，有一团火光。"

"那是火孩儿头顶上的火焰。"

柳吟好奇道："一个小孩子，头上怎么会有火焰？"

"到了跟前，你就知道了。"

再问也是多余的，柳吟跟着少年朝着那团火焰走去。

越往前走，看得越清晰。巨石上面，站着一个六七岁大的小童，正在朝这边张望。

"信哥儿……"火孩儿在呼唤。

少年答应："火孩儿，我们来了。"

来到近前，火孩儿伸手将少年和柳吟拉上巨石。

扯开夜的幕布，归星湖清晰地展现在三个人面前。第一次见到火孩儿，柳吟马上想起风箱鼓动下，炉膛深处一团纯洁明亮的火焰。火孩儿头上的火焰更加炽烈，更加张狂，蓝蓝的。十分好看，充满了智慧和力量，能烧尽世人心上一切阴霾。

这不是一次寻常的相聚，火孩儿带来一个令人欢欣的消息——柳吟的父亲已经遇赦，不久就会举家回到原籍。柳吟听了，喜极而泣。

火孩儿还告诉少年，归星湖一带的疾疫马上就会消失，寺院里的僧人与庄子里的人连日祈禳，人心向善，功德无量。

少年心上的疑虑还是没有解开，他问火孩儿："这场疾疫因何而起？"

火孩儿没有回答。

少年和柳吟看着火孩儿，一时找不到合适的话语。

火孩儿说："瘟君已经将小童全部召回，天下就此清平。"他看了看湖面，对少年和柳吟讲了一段关于巨石的往事。

脚下的这块巨石，原本不在这里，是七位神仙从遥远的瀛洲移过来的。

上古时候，归星湖荒无人烟，大罗天的七位神仙从这里经过。其中一位说："这片大湖正应我们七位星宿，日后当有一位降在此处以为人师。"

七位神仙都不知道哪位有此担当。

一位神仙说："凡事都讲求顺应自然，我等七位在湖岸边各选一地画上灵符，期年之后再来此处，哪位能从瀛洲搬来一块巨石，当来此治世。"

七位神仙在湖岸边各选一地坐定，运转神机画好灵符后归去。转年这天，七位神仙复来归星湖，其中一位神仙画符的地方果然出现一块巨石。历尽万载，归星湖有了部落，这位神仙遂来此教化先民，传授知识、礼仪，教他们按照季节播种谷物，功成行满后返回天上。

巨石静静地留在了这里，后世许多隐士都在此处修行。

少年想起了浮槎，对火孩儿说起蓬赖园那段往事。火孩儿说："那不是一件轻松的事情。"

火孩儿说对了，与那些未入真途的花草树木相伴真的很不容易，何况蓬赖园又是十分寂寞的地方。

许多年前，一只凤凰将火孩儿带出驼骆山，火孩儿跟着他游历十方到过蓬赖园，与那些花草树木有一次很深的接触，他们给火孩儿的印象一个词便可概括——散漫。尤其那些花花草草，个个任性，不知什么时候就会消失得无影无踪。天涯海角，想把他们找回来并非易事，落苍子十分劳神。

落苍子已经在蓬赖园很久了，但他毕竟要离开，回到水神的身边，这也是去尘公要把信哥儿召到蓬赖园的原因。

此时的少年还不能理解火孩儿这番话的真正含义，他没有火孩儿那样的阅历。去尘公选中了他，是他的福分。

当然，去尘公也是费了好多心思。

月光下的归星湖，水波闪烁，一片静谧。巨石上三个虚虚实实的影子，像是一幅画。这画带着远古的气息，带着远古的荒凉。

已经是午夜，火孩儿该回去了。

一只蓝色的孔雀腾空而起，在巨石的上方转了一圈后向东北飞去，很快就消失在茫茫夜色之中。

远处的竹林，虫声唧唧，花草飘香。

少年望着北天，中天北极，今夜那颗星十分明亮，少年心中一动，说："在麻直国，我也看见了这颗亮星。"

柳吟不知道麻直国，不以为意。

少年却有了要向她倾诉的欲望，于是把梦里的故事原原本本地告诉了柳吟。

柳吟想了想，说："我有些担心，七彩霞衣怕是要给你带来麻烦。"

少年问："什么麻烦？"

柳吟看着夜空，说："我只是有这样一种感觉。"

少年却十分自信，说："霞衣只能给我带来好运。"

柳吟还想说什么，忍住了。

少年并不知道，一年多的时间，花间泽为他做了很多事情。如今花间泽走了，没有人再去保护他了。

　　柳吟听少年说起过野芒圃，但并不清楚花间泽在湖边向少年告别的事情。花间泽对少年帮助有多大，她也不知道。

　　星光灿烂，少年挽着柳吟的手，两人望着无边无际的湖面。

　　此时的柳吟忽然想起了浮槎："浮槎是什么样子的？"

　　"就是一条小船。"

　　"有什么特别的吗？"

　　"上面有一盏纱灯。"

　　"纱灯好看吗？"

　　"好看，能照到很远的地方。"

　　"我也想乘一回浮槎。"

　　"不是谁都有机会的。"

　　…………

　　不知过了多久，少年看着柳吟，问："什么时候去见你的父母？"

　　柳吟说："等你长大了。"

　　少年反问："我还没有长大？"

　　柳吟答应："嗯！"

　　少年把柳吟的手抓得更紧了，两个十五六岁大的孩子，互相依恋着，迷醉着。

　　一条小鱼跃出水面，激起清脆的水声。烟波深处，似有星火闪烁。

　　夜色中的归星湖，不是很安静。

后　记

　　年事已高才想起写一点儿东西，寻找归属感，是不是晚了一点儿？

　　其实不然。

　　离开家乡，到了一个新地方，走在街上，身边全是陌生人，不由得想起一个词——漂泊。无论时间长短，漂泊带给人的孤独与寂寞都是难以忍受的。有时，漂泊未必是一种渴望，未必充满自由和洒脱。无论什么原因，走上去远方的路，都不可以把自己搁浅在途中。

　　走出樊篱，用心去漂泊，从别人看不见的缝隙里窥探新领域，这需要花上很大的力气，更需要另辟蹊径的决心，而这正是文学创作的原动力。即使再困难地构建，结果也比依靠经验拼凑出来的东西要好得多，这对自己来说是很有意义的事情。也就是说，不应当被现成的东西限制住想象力，那种束缚会让人无所作为。

　　心的漂泊，既不追逐主流也不跟随流行，荡开莫大的空间，带着兴奋和愉悦大声地叫喊。漂泊归来，重拾往昔，内心会变得成熟。夜雾浮荡在无边无际的心湖上，晨星依然可见。

　　习焉不察的生活充满浪漫，常中见异是创作的源泉。在漂泊中发现人类精神和旧有价值，将现代文明的遐想与古典形态的审美统一起来对视野和学识是很大的考验，没有长时间的积累是无法把握的。

　　《归星湖》延续了《金水池》的自然风貌，二者有着多种相同的创作元素。最熟稔、最深谙的场景被赋予了新的思想、新的情感，即以人或物在同一时空下的自然转化介入故事，浸润上作者自己的人生看法和审美选择。那些场景都不是作者能够亲身体察的，但故事中的少年着实是作者烂熟于心的形象。时下，人们的眼光都为一些新奇诡怪吸引，随波逐流而忽略了作者的真实意图。譬如《金水池》，不应该简简单单地理解为少男少女间的一场情爱。

　　我的喜好，我的处境，我的记忆，常常带我走进少时的田野。天空下，只有我自己，我漫无目的，想去哪里就去哪里，随心所欲。田埂、树林、河岸还有水塘。蝴蝶停在蒿草梢上，我弯下腰去，蹑手蹑脚，伸出三根手指……当我就要捏住它的翅膀时，它却麻利地飞走了。我只好搜寻下一个目标，可能是蜻蜓，也可能是青蛙。当我追上它们时，它们又精灵般地躲开了，且在一个不太远的地方迷惑着我，戏耍着我，使我无法自已，流连忘返。

　　如同小说里的少年，一个人带着迷茫离开归星湖。去了又回，少年走了一条不寻常的路，一条大雅之路。轻吟风雅颂，徜徉水云间。漂泊过后，少年眼中的大峡谷更加光彩，归星湖气象万千，少年也有了一个崭新的未来。坚持一份清雅，坚持一份端然，不在等待中怀念、嗟吁岁月的尽头。

人流随着历史滚动而去了，光照和雨露不停地重复着。一湾小溪，一径小道，一条小巷，不同的人，有不同的文化构成，有不同的"走过"。

大自然孕育了苍生，生机勃勃，繁衍不断。包括人类，谁都不应该忽视和忘却它的宽厚、它的恩泽。归星湖有清新爽目的村庄草地和竹林，那里走出一个少年，他漂泊在明媚的阳光下，橘红色的夕照里。

郑玉林

2024年1月14日